判決

The Children Act

伊恩·麥克尤恩
Ian McEwan

李斯毅——譯

各界推薦

這是一本討論道德兩難議題的作品，充滿情緒的糾葛與撕裂，卻發人深省。此種故事，在教育與心理領域中，常被應用成為檢視道德判斷與發展的議題。美國心理學家科爾伯格使用一系列兩難推理故事，如「漢斯偷藥」，以進行人類道德發展之研究。此類故事之提出，目的不在測試受試者的不同回答，而關心其提出回答的理由。世人多半受限於有形之教條與看法中，以免引起眾人之指責與抵制。偷藥解救妻子的漢斯，行為縱然違法，但出發點為維護生命，其價值信念超越世俗教條。法官所以判決亞當應該接受輸血，所憑藉的乃是人類最上層之價值觀。此因生命是珍貴的，比任何事物都重要，失去就一切無存了。

——政治大學教育系特聘教授／秦夢群

《判決》裡有麥克尤恩在《贖罪》中所提出的觀念：具破壞力量的事物不會隨便發生，也有他在《阿姆斯特丹》裡探討的議題：文明社會帶來的可怕惡果。他也深度檢視數個司法案例，以及人與人互動時的處境，在字裡行間表現出憤怒、悲痛、羞愧、衝動與渴望。麥克尤恩反對宗教裡缺乏同情心的教義，但亦不忘詳查非宗教的世俗道德觀念……麥克尤恩是最優秀的英國在世小說家之一，相信大多數人都會認同這一點。

——《出版人週刊》

麥克尤恩向來是一位既聰明又致力創作的小說家，在《判決》中，他不僅展現固有的寫作魅力，更開創出有別以往的嶄新面向。這部小說是麥克尤恩自《卻西爾海灘》以來最能夠與讀者情感交流的佳作。

——《科克斯書評》

無可否認，這本小說非常富有創意……麥克尤恩以他慣有的寫作風格大展身手，用字審慎平穩、文句流暢易讀，再次透過深度的觀察與豐沛的智慧，從一樁罕見事件裡洞悉出普世真理。

——《書評期刊》

在這部簡潔有力的小說中，一位法官必須為某個少年的生死做出判決，然而在她不願造成且無法想像的情況下，她竟以一種殘酷的方式決定了那名少年的命運……本書先以精采流暢的司法判例揭開序幕，最後再以優雅的方式寫下句點。很少作家曾經做過這種嘗試！

——全國公共廣播電台

本書的主人翁是一位頭腦聰明、能力過人的法官，負責裁決一件案情複雜的訴訟案。正當她陷入天人交戰之際，她的丈夫竟然有了外遇，令她備感羞辱……麥克尤恩是當代最具影響力的作家之一，這本小說絕對不容錯過！

——《華盛頓郵報》

《判決》有一種沉靜的力量，足以激起讀者心中的萬丈波濤……這本小說記述了一段牽手三十年的夫妻，在婚姻破裂後重新修復關係的歷程。

——《洛杉磯時報》

縈繞於心，歷久不散！這本小說雖然篇幅簡短，但卻是麥克尤恩眾多作品中不容小覷的一部。

——《娛樂週刊》

麥克尤恩在《判決》再度論及攸關生死的緊急場面……一如他的《星期六》和《贖罪》牽動人心，而且力道十足。

——《華爾街日報》

漂亮而優雅的佳作……這部小說提醒我們人生可能隨時變得混亂不堪，而且司法體系亦非始終伸張正義。

——《今日美國報》

《判決》的內容細膩且引人入勝……唯有大師級的作家能夠做到這一點。麥克尤恩在短短的篇幅中提出許多想法，並留給讀者思考的空間。

——《波士頓環球報》

麥克尤恩以水晶般透明清晰的文句，精雕出這個優美動人的道德故事！

——《O》雜誌

非常引人入勝！

——《紐約客》雜誌

目次

【導讀】

在心中演奏巴哈的法官

◎文學評論家／伍軒宏

大學求學時期的我，在廣泛閱讀評論書籍時，發現若干英美文學研究者也在法學院開課，有些甚至擔任文學系與法學院共同聘任的教職，覺得十分好奇。這種開放與融通的走向，跟國內的情況似乎不同。很久很久以前，國內的法律系是一個非常封閉的系統，一個內化、壟斷權力與利益的集團，訓練出一群熟背法條、代代傳承考古題、完全專注考試、講究派系師承、缺乏見識與想像力的法律人。那是很久以前了，相信台灣的法學界已經大不相同。但有時候想起來，會懷疑是不是因為封閉性的緣故，導致台灣法律系統屢屢製造出極端無智慧的判決，法律也因此喪失積極改善社會的能力？

伊恩·麥克尤恩最新的小說《判決》，無論在內容或形式上，都牽涉到文學與法律的融通，探索界線，打開視野。作者深入法官費歐娜生活細節與情緒幽微處，「具體」經由想像刻畫法官判決的時候，所處的「立體」世界。麥克尤恩想要讓我們看到，一紙官方判決的背後，有多少思緒、推論、援引、衡量，以及多少掙扎、猶豫、干擾。法官既是公共權力的代表，也是活生生的私人個體，有一般人的煩惱、家庭危機、情緒問題、情慾糾葛，但另一方面，她必須依據理性原則，審慎考慮法理、判例、學說，納入文化、風俗、宗教、社會因素，研判案情發生的具體情境，衡量當事人或訴訟人的權利義務、最佳利益，做出合於正義的判決。如果真的認真考慮以上所有因素，我們應該說，所有的正義判決都是「不可能的判決」。

德希達（Jacques Derrida）在討論「法律奠基於正義與法律的差異」時，強調正義的不可能性，因為正義是不可計算的「絕對單次性」（absolute singularity），而法律是可重複的計算，並引用齊克果（Søren Kierkegaard）的名言「決定的瞬間是瘋狂」。麥克尤恩的路徑不是解結構，他從另一個角度出發，用平易近人的手法，告訴我們一個判決難局的故事。

一、在文學與法律之間

麥克尤恩這本新書，也許看來格局不大，但仍然算是野心勃勃，因為以小說形式探討法律案件的文學作品雖然不少，從法官立場出發的絕對稀少。由於文學的屬性之故，大部分小說中的法律案件都是從被害者、加害者，或訴訟律師的觀點講故事，鮮少選擇代表官方與權威的法官作為敘述核心。有別於卡夫卡（Franz Kafka）作品《審判》從「外部」描寫法律體系內部之難以理解與穿透，麥克尤恩做出相當突破，透過小說主角英國高等法院法官費歐娜的遭遇，引領讀者進入系統核心，認識法律「判決」所涉及的一切條件，進而思索「判決」事件。

常常指責「恐龍判決」、攻擊「恐龍法官」的台灣大眾，應該來讀這本書，參考（虛構的）英國法官的判決SOP，了解判決如何形成。讀者會發現，每一件案子都是一則故事，有主角、配角，有對手，有情節發展，有難解的衝突，每件案子都不一樣。法官審案，就像閱讀一則故事、看一本小說，需要解讀，需要分析、解碼、詮釋、想像的工夫，尋找多元意義，做出決定。案件分析與文學閱讀雖然目的、結果不同，但由於都是故事、都涉及敘述、都是只發生一次的「單次」（singular）事件，都必須是case by case判斷，文學與法律的關聯性其實非常清楚，可以融通、互相學習之處也非常之多。

如果本書是通俗偵探小說，主角又設定為法官，那麼，他的領域十之八九是刑法。但本書不是偵探小說，費歐娜的領域也非刑法，而是「家事法」。她審理的案件讀起來，件件都是引人入勝的小說，充滿家庭人倫與公義法理之間的矛盾。我們可以看出作者費心經營，呈現好幾件戲劇性十足的家事案件，讓人想起多年前常被討論關於「多元文化主義vs女性主義」的幾件文化／性別政治經典事件，例如一九八〇年代法國政府曾經考慮為了穆斯林「男性」移民的需求而接受傳統文化的「一夫多妻制」，引發爭議：「尊重文化」與「性別平等」，何者為優先？

二、法官私人生活探密

從律師學院畢業後，因擔任律師的優異表現，多年後受邀進入法院，一路做到高等法院法官，費歐娜的聰慧與機靈備受同業肯定。她的智慧判決總植基於簡單的個人生活、和諧的私人關係。她樂觀地相信「**自己能為那些無望的僵局做出合理的判決。**」（"She believed she brought reasonableness to hopeless situations.”）

但小說一開始，她就面臨生命中重大危機，個人生活與私人關係都遭受衝擊，費歐娜被迫脫離規律的生活軌道，進入「移位時刻」（displacement）。然而，不管個人生活如何脫序，在混亂情況之下，費歐娜依然是英國高等法院的法官，依然要冷靜閱讀卷宗、分析案情、開庭詢問、思索斟酌、做出決定；她依然要負起責任，為不得不訴諸家事法庭的當事人尋找合情合法合理的解決爭議之道。於是，我們看到她在「冷靜的思緒」與「紛亂的情緒」之間穿梭，辛苦維持平衡，勉強繼續運作。

結縭三十五年的丈夫傑克，向費歐娜「預告」他「將要」外遇。於大學任教古代史的傑克不願意欺騙費歐娜，不願意「背著」她偷情，更不願意放棄他們的婚姻，坦白說出他有戀愛的需要，希望再度享受性愛，追求「銷魂」的感覺（ecstasy）。他誠實說出他想做的，追求他需要的，因為他已經五十九歲，快要沒有機會了。多年婚姻下來，對費歐娜的深厚感情早已轉化為家人、兄弟姊妹的堅固親情，已非熾熱的激情。傑克想要抓住他最後的春天，跟許許多多中年男人一樣，這是夫妻之間再平凡不過的章節，完全不足為奇。比較特別的是，他明白「告知」配偶如此，不偷偷摸摸，但也不是「請求同意」，或「商量」，或「討論」。聽聞傑克告白出軌的意圖之後，時間似乎暫停了，等到費歐娜終於搞清楚，脫口而出：「你白痴！」完全不能接受傑克的「預示出軌」。

作為「架構故事」，費歐娜的「另類婚姻危機」並未深入發揮。麥克尤恩無意探究費歐娜與傑克之間的問題，反而利用此「移位時刻」，轉向討論費歐娜被「告知」之後，兩人關係急凍（未離婚），傑克搬出倫敦的高等法院法官宿舍，費歐娜如何面對自我，再度成為單獨一人。

三、救命判決的難局

單獨一人的費歐娜投入負責案件中的家庭問題，避開思索自己的家庭危機。她以工作釋放傑克出走後的情緒壓力，致力於經由公權力幫助別人找到出路，自己卻懸在半空中，孤立無援。沒有子女的費歐娜，在案件卷宗裡看到別人的家庭，在法庭審訊目睹父母子女因立場、信仰、利益而對立掙扎，在沒有傑克的公寓裡一面聆聽喜愛的古典音樂、一面思考並書寫判決書。麥克尤恩刻意選擇有點過於「典型」的案例，例如正統派猶太教（Chareidi）父母對於女兒是否接受現代教育的歧異、英國母親控告女兒的穆斯林父親密謀帶小孩離開英國到摩洛哥，以及連體嬰馬太與馬可是否應該分割（救一命，卻殺一命），除了展示「推論」與「判決」的細膩，也想呈現某些宗教文化對人的禁錮，以及法律應該帶來的改變。

本書的核心在於費歐娜面臨最困難的判決，案子主角是一位具有音樂與文學天賦的未成年少年亞當。少年家中信仰屬於「耶和華見證人」教派，認為輸血違反教義（身體不得納入他人血液），父母親因此拒絕讓患有白血症的亞當在手術時接受輸血。然而，亞當已經到了必須動手術的時候了，手術時若不輸血，他極可能死亡。差三個月才滿十八歲的亞當，並非自主的個人，他也認同父母親意見，決定遵循教義，即使可能失去生命。於是為了亞當的最佳利益，父母vs院方兩相對峙，案子進入家事法院，到了費歐娜手上，也進入她心中。

亞當的案子，是本書最精采的部分。費歐娜如何判決，以及判決的後續，都值得深思。這些細節，是麥克尤恩對「判決」問題最深的反省，待讀者慢慢體會。觀察重點是：在現代國家體制，如何尊重宗教差異（信仰、文化），也確保基本人權？如何維持父母家庭尊嚴，也同時保障年幼成員的個體性？幾乎已經成年的少年，其個人意願應該受到多少尊重（尤其在幾乎確定會傷害自己的情況下）？訴訟的時候代表國家介入家庭的法院／法官，能介入多少而不侵害民權？天資過人，但認同父母親宗教的亞當，是以什麼心態決定接受死亡？盲從？孝順？還是自負？那是父母親的宗教，還是他自己的宗教？費歐娜要尊重父母兒子三人的選擇，讓亞當因拒絕輸血死去？還是以人命為優先，選擇救命？簡言之，什麼是少年的「福祉」（welfare）？

無論費歐娜依據亞當的案情做出什麼判決，作為法官，她還要充分援引判例、法理、原則、論述（含一九八九年的「兒童法案」〔the Children Act〕，即本書英文書名所指涉，明訂以孩童「福祉」為依歸），才能形成她的判決。如前面提到的，麥克尤恩的小說讓我們看到，「冷冰冰」的官方判決背後，既有論述成規，更有一幕幕錯綜複雜的人間故事。但是，不再冰冷或冷漠的系統比較好嗎？「溫情」的介入，要付出多少代價？有什麼結果？表面看來，我好像透露了不少情節，其實不然。本書還有一連串令人意想不到的驚人發展。

四、音樂與詩，不可計算

在我們理智的人生裡，有太多不可計算的因素。

有什麼比音樂與詩，更難計算？

小說中，音樂指涉彰顯人物特質或情境。法官費歐娜自幼學習鋼琴，雖沒能成為音樂家，但始終維持練習，連續五年在法院舉辦的聖誕節音樂會上表演。原本看來音樂只是枝微末節，可是我們發現，傑克離家後，費歐娜走路上班途中，為了阻止自己想東想西，會在心中彈奏她熟記的曲目，如巴哈的《鍵盤組曲》第二首，直到抵達法院。顯示費歐娜迫切需要巴哈音樂，以調節她混亂的情緒，避免自己崩解，無法冷靜審案，甚至無法過下去。

傑克不是古典音樂掛，喜歡的是爵士樂，尤其是即興鋼琴大師凱斯・傑瑞（Keith Jarrett）。情濃時，費歐娜為傑克安排驚喜，到羅馬聆賞凱斯・傑瑞演奏會。我很意外在文本中讀到好幾次凱斯・傑瑞的指涉，他代表的天馬行空獨特爵士樂風格的隱喻，巧妙點出傑克的個性與行事。

熱中寫詩、剛開始學小提琴的少年亞當，正在尋找自己。他在音樂裡找到釋放自己的途徑，漸漸脫離嚴格宗教教義的束縛。與費歐娜一起演奏的〈走過散柳花園〉，是由布瑞頓（Benjamin Britten）編曲的葉慈（W. B. Yeats）作品，為亞當帶來浪漫和自由。可惜，夾在教義與藝術之間，習慣被規範、如今沒有人導引的亞當失落了，終於被扭曲、撕裂。

最後的聖誕音樂會裡，跟演奏搭檔伯納講好的安可曲是舒伯特的歌〈音樂頌〉，但費歐娜彈著彈著，著魔附體一樣，幾個音符間，鬼魅般地從舒伯特一下移位到白遼士，又好像是馬勒，最終才確定變化成〈走過散柳花園〉。那神奇的移轉，不是她可以決定的，如齊克果說的那樣。

音樂與詩，不可計算，不能沒有。

在我們不能沒有法則的人生裡，能夠容下多少音樂與詩？

獻給雷・多蘭（Ray Dolan）

「每當法院裁定……與兒童教養相關之任何議題……法院最重要的考量因素，應為該名兒童關係人之各項福祉。」

一九八九年兒童法第一條（a）

第一章

倫敦法院的聖三一開庭期[1]已經於一個星期前開始了。六月分的天氣總讓人覺得不太舒服。星期天晚上，擔任高等法院法官的費歐娜．梅伊待在自己家中，人仰臥在躺椅上，雙眼視線越過自己穿著襪子的雙腳，望向客廳另外一頭放在壁爐旁那個僅看得見局部的嵌壁書櫃。嵌壁書櫃旁邊有一扇高高的窗戶，窗戶旁邊則掛著一幅小小的雷諾瓦畫作。那幅《出浴者》是三十年前費歐娜花了五十英鎊買的，也許只是贗品。畫作下方是一張圓形的胡桃木桌，桌面正中

1　聖三一開庭期（Trinity term）：英格蘭與威爾斯的司法機關每年分為四個開庭期，包括：米迦勒開庭期（Michaelmas term，每年十月至十二月）、希拉里開庭期（Hilary term，每年一月至三月）、復活節開庭期（Easter term，每年四月至五月）、聖三一開庭期（Trinity term，每年六月至七月）。每年七月至十月為休庭期。蘇格蘭與北愛爾蘭另有各自不同的司法制度。

央擺著一個藍色花瓶。費歐娜已經忘了那個花瓶是從哪裡買回來的，也忘了她上次在花瓶裡插上鮮花是什麼時候，不過她還記得自己已經整整一年不曾使用壁爐生火。煙囪燻黑的雨滴不規律地滴落在壁爐裡揉成一團團的泛黃報紙上，發出滴滴答答的聲響。定期打蠟的木頭地板上鋪著一張織有八邊形格紋的紅色布哈拉地毯。在費歐娜的視野邊緣處，有一架小型的平台式鋼琴，鋼琴上擺了幾張裱入銀色相框的家庭照片，照片的倒影映在漆黑明亮的琴身上。在費歐娜此刻仰臥的躺椅旁，一大疊判決書靜置在地板上，位於費歐娜伸手可及之處。靜靜躺著的費歐娜，心裡希望她眼前所見的這些東西全都沉入海底。

費歐娜已經喝完一杯加水威士忌，手裡正拿著第二杯。她有點醉了，可是剛才和傑克大吵一架的惡劣情緒還沒完全平復。費歐娜平常不太喝酒，然而加水的泰斯卡威士忌有助於舒緩情緒，或許她還想到酒櫃那兒替自己斟上第三杯，但是第三杯酒肯定要多一點水，少一點威士忌，因為她明天還要開庭，而且她現在仍在值班，假如有任何突發狀況，就算她已經就寢也必須立刻起床處理。傑克剛才發布的聲明讓費歐娜震驚不已，而且他還蠻不講理地將所有責任都丟給費歐娜扛。費歐娜已經好久不曾大吼大叫，今晚是多年來的頭一次。她的怒吼聲至今仍隱約迴盪在自己耳邊。「你這個大白痴！你真是他媽的大白痴！」自從少女時期在紐卡索歡度那段無憂無慮的青春假期後，費歐娜就不曾再開口以髒話罵人。不過，有時候她在法庭上聽見某些當事人為了自圓其說而胡亂鬼扯，或是某些律師瞎掰一些風馬牛不相及的法律規範時，她心裡還是會浮現出罵人的髒字。

就在幾分鐘前，費歐娜因為極度憤怒而喘不過氣，至少大罵了傑克兩次：「你怎麼敢這麼做！」

雖然費歐娜並非真的希望傑克給她一個答案，但傑克還是平靜地回答：「我必須這麼做。我已經五十九歲了，這是我最後的機會，我即將邁入老年。」

好一個矯情的答案！但是費歐娜一時想不出應該怎麼接話。她只是怔怔地瞪著傑克，嘴巴可能還不自覺地張得大大的。雖然錯過了回嗆的時機，但費歐娜現在終於想到可以如何將傑克一軍：「五十九歲？傑克，你早就已經六十歲了！這把年紀了還想搞外遇，實在太可悲、太沒品了。」

然而她剛才只是毫無氣勢地回了一句：「你簡直可笑！」

「費歐娜，我們上次做愛是什麼時候，你還記得嗎？」

什麼時候？傑克以前心情低落或是生氣抱怨時，也曾問過這個問題。但費歐娜最近真的太忙，許多事情都記不清楚了。她在家事法庭要審理許多不可思議的紛爭、聆聽各種特殊的訴願，還有一大堆真假難辨、離奇怪異的指控。家事法庭和法院的其他單位一樣，法官必須迅速吸收並消化案情中任何細微的線索。上個星期，她負責審理一對猶太夫妻的離婚陳詞：雙方當事人對傳統習俗的認知不同，因此對下一代的教育方式起了爭執。費歐娜的判決意見還沒寫完，那份判決書現在就擺在她身旁的地板上。除了這件離婚案，明天還有另外一個案件等著費歐娜。該案的原告是一位臉色蒼白、面容憔悴、受過高等教育但萬念俱灰的英國女士。這位女士有一個五歲的女兒，但孩子的父親準備把女兒帶往摩洛哥拉巴特定居，父女倆一起在那邊展開全新的生活。女孩的父親是一名摩洛哥商人，也是非常虔誠的穆斯林，如果他不把孩子帶離倫敦的司法權管轄區，夫妻雙方將會持續為了孩子的住所、房屋的所有權、退休金的分配、薪資所得的多寡、遺產繼承的問題爭吵不休。由於該案牽扯的資產金額較鉅，所以由高等法院進行審理。擁有財富並不保證就能同時擁有快樂，凡是在家事法庭對簿公堂的父母，都會在訴訟進行時學到許多法律用語，並且在接獲判決結果前學會耐心等候。在法庭上和自己曾經深愛的伴侶撕破臉惡鬥，往往令雙方當事人感到萬般茫然。至於那些名字出現在法庭文件中的小男孩與小女孩，也許叫做班傑明或莎拉，也只能滿臉困惑地蜷縮在一旁，看著父母親纏鬥不休，一路從地方法院家事庭、高等法院，直到上訴法院[2]。

這一類的悲傷故事都有類似的背景，它們千篇一律地牽扯著人性，但是每個案子的情節都還是會讓費歐娜訝異不已。她相信自己能為那些無望的僵局做出合理的判決。而且，整體來說，她深信家事法法規的精神。心情好的時候，費歐娜會把家事法法規視為人類文明的重要指標，因為法規中明定「子女的需求優先於雙親的需求」。費歐娜每一天都過得繁忙而充實，尤其是最近這段時間，下班後還得參加各式各樣的聚會，有時候要去中殿律師學院[3]歡送即將退休的同事，有時候是去國王廣場聽舒伯特或史克里亞賓[4]的音樂會。她的生活在計程車和地鐵之間穿梭，有時候要去乾洗店拿回送洗的衣物，有時候還要替清潔婦患有自閉症的兒子寫推薦信給特殊教育學校。忙完這一切之後，費歐娜才能上床休息。上次和傑克做愛是什麼時候的

2 根據英格蘭與威爾斯的司法制度，審理民事案件的法庭依序為郡法院（County Court）、高等法院（High Court）及上訴法院（Court of Appeal）。

3 中殿律師學院（Middle Temple），倫敦四所律師學院之一。另外三所分別為林肯律師學院、內殿律師學院，以及格雷律師學院。

4 史克里亞賓（Alexander Nikolayevich Scriabin，一八七二～一九一五），俄國作曲家，無調性音樂的先驅。

事？費歐娜真的想不起來。

「這種事情我怎麼會記得？」

傑克兩手一攤。既然費歐娜都已經認罪了，他毋須再多說什麼。

費歐娜看著傑克走出客廳，他為自己倒了一杯威士忌，就是她現在喝著的泰斯卡威士忌。費歐娜覺得傑克最近好像變挺拔了，舉手投足間也更顯從容自得。當他背對著她時，她突然有一種冰冷的預感，覺得自己即將被丈夫拋棄──傑克即將為了一個年輕的女人離開她，使她蒙羞，她即將變得沒用又孤單。費歐娜不知道自己該不該順從傑克的意思，放任他去搞外遇，但是她立刻甩開了這樣的念頭。

傑克回到客廳，走到費歐娜身邊，手裡拿著酒杯。他並沒有像平常那樣，順便替她斟一杯松賽爾白酒。

「傑克，你到底想怎麼樣？」

「我想發展這段關係。」

「所以你要和我離婚？」

「不，我希望我們一切維持現狀。我只是不想瞞著你。」

「我不懂你的意思。」

「你當然懂。你不是曾經說過：在漫長的婚姻關係中，夫妻會漸漸把另一半當成自己的手足？我們現在也已經進入這種階段了，費歐娜，我已經變成你的兄長。這種轉變的過程相當自然，也很甜蜜。我還是一樣愛你，但是在我死去之前，我想要體驗一次充滿激情的熱戀。」

費歐娜吃驚地倒抽一口氣，但傑克以為她準備仰頭大笑，或是嘲弄他的想法，馬上不滿地表示：「你還記得戀愛時那種狂喜的滋味嗎？我想再享受一次那種意亂情迷、令人暈眩的亢奮！無論你明不明白我的想法，我都要去做。但我想你應該懂。」

費歐娜難以置信地看著傑克。

「現在就是這種情況，我遇見了一個讓我墜入情網的對象。」

聽完傑克的告白，費歐娜便開始痛罵他是大白痴。她仍然離不開傳統的是非觀念。結婚至今，費歐娜一直覺得傑克是個非常忠實的丈夫，因此聽他說出這一番話，感覺格外荒唐。假如傑克已經背叛了她許多年，只能說他的本領非常高明。費歐娜已經知悉第三者的名字，那個女人叫做梅蘭妮，她的名字聽起來就像某種致命的皮膚癌，感覺遙遠而陌生，但是費歐娜知道自己的人生即將毀滅，因為傑克真的愛上了那個二十八歲的統計學家。

「如果你決定發展這段外遇關係，我們就離婚吧！事情就這麼簡單。」

「你威脅我？」

「我只是鄭重地提醒你。」

費歐娜此刻的心情已經恢復平靜。傑克的提議聽起來好像相當簡單，但是如果他想要擁有開放式的婚姻關係，應該在他們舉行婚禮前就先彼此約定，而非在結婚三十五年後才突然改變。傑克甘願冒險毀掉這段婚姻的一切，只為了重享感官刺激！費歐娜試著想像自己是否也可能有類似的渴望——所謂的「最後一擊」。這是她頭一次想像這種問題——但她所想到的，只有婚姻關係的崩壞、見不得光的幽會、情感糾葛造成的失落，以及被迫偷偷摸摸地講電話。她還想到自己必須學習與新的對象同床共枕，並且以新的方式享受魚水之歡。這一切太不實際了。況且，要完全解放自己，必須先有一個開放真摯的心靈。那將會完全改變她的人生，因此她辦不到。她寧可守著一份不完美的感情，也就是她目前的婚姻狀況。

仰臥在躺椅上的費歐娜，突然覺得自己深深受辱。傑克為了自身的歡愉，讓她陷入痛苦的深淵，這筆債他打算怎麼還？好一個無情無義的傢伙！費歐娜以前經常看傑克出於善念而奉獻自我，為別人盡心盡力，這次他全然自私的舉動可說是非常罕見。他為什麼變了一個人？傑克直挺挺地站著，雙腳自然分開，將他手中的威士忌一飲而盡。而他沒拿酒杯的那隻手，手指頭正隨著腦海中的旋律輕輕拍打著節拍，也許是某一首對他和某人別具意義的曲子，但肯定與費歐娜無關。傑克傷害了她，卻顯得毫不在意——這真的非常罕見。他向來是一個善良的人，忠實而且善良，心地非常仁慈。費歐娜每天在家事法庭上看著形形色色的人，她深知「仁慈」是做人的基本要件。身為法官的費歐娜，有權將孩童從不具善念的家長身邊帶走，而且她有時候確實會這麼做。但是，她能不能從不具善念的丈夫身邊救出自己呢？在她備感脆弱和孤單的此刻，哪裡有能夠保護她的法官？

費歐娜不喜歡看別人自怨自艾，所以她絕對不讓自己淪落到那種地步。她要用第三杯威士忌來麻醉自己。不過，她只是象徵性地在杯中倒了一點點酒，再用開水把酒杯填滿，然後端著酒杯回到躺椅上。費歐娜突然覺得，她應該拿筆把他們剛才的對話記錄下來，因為那段對話的內容太重要了，她一定要牢牢記住，並且反覆思量傑克那些傷人的話語。剛才，費歐娜以威脅的口吻表示，倘若傑克堅持發展外遇關係，她就要結束這段婚姻，傑克依然不為所動，只是重申自己的想法：他深愛著費歐娜，而且永遠愛她，但是人生只有一次，目前他的性需求未能獲得滿足，所以日子過得不開心；如今他遇上一個重拾歡顏的機會，當然希望能好好把握，而且他希望自己是在費歐娜知情的狀況下發展外遇關係。總之，傑克希望費歐娜同意讓他放手去做。此外，他自認為是出於坦然的心態，才會告訴費歐娜這件事，畢竟他大可欺瞞她，在她背後亂搞——在她那瘦弱又無情的背後亂搞。

「原來如此。」她喃喃地說：「這麼說來，你還真是體貼又周到啊，傑克。」

「嗯，其實……」傑克又想說些什麼，但是終究沒有說出口。

費歐娜猜想，傑克八成要告訴她，這段外遇關係其實已經發展很久了，但她無法承受聽見這樣的真相，而且也沒有必要。她不難想像：一個漂亮的統計學家，當然有本事讓男人漸漸不願回到充滿怨念的妻子身邊。她還可以想像：在某個陽光和煦的早晨，在一間陌生的浴室裡，依舊保持健美體格的傑克，猴急地脫去身上那件乾淨的白色亞麻襯衫，他甚至等不及將鈕釦一個一個慢慢解開，直接拉過頭頂脫掉，然後用一隻手拿起洗衣籃，把脫下來的襯衫扔進去，再俐落地將洗衣籃放回地板。她和傑克的婚姻已經死了，因為他已經下定決心擁抱另一段愛情，無論費歐娜是否同意。

「我不同意。」費歐娜的語調升高，就像一名冷酷無情的女老師。她接著又補上一句：「不然你以為我會怎麼回答？」

費歐娜覺得徬徨無助，一心只想立刻結束這段對話。她還有一份判決書的內容必須在明天之前審稿完畢，那份判決書要刊登在《家事法報告期刊》。費歐娜已經決定了那兩個猶太小女孩的命運，但是判決書裡的文字還需要潤飾一下，以便顯示裁決的嚴謹，減少當事人上訴的可能性。窗外下著夏季的陣雨，雨滴不停敲打著窗玻璃，費歐娜可隱約聽見從格雷律師學院廣場傳來汽車駛過柏油路面時濺起的水花聲。她知道傑克將會離開她，然而地球仍將繼續轉動。

傑克繃著一張臉，聳聳肩膀，便轉身走出客廳。從傑克遠去的背影，費歐娜感到一絲冷冷的恐懼。她想在他身後呼喚他，但是又害怕他不理她。而且，就算傑克真的回頭，她又應該說些什麼？擁抱我吧？親吻我吧？你儘管去找那個女人好了？費歐娜聽著他的腳步聲穿過走廊，然後是主臥室房門用力關上的聲響。這個家陷入一片寂靜。屋子裡的死寂，和屋子外的雨水，後來就這樣持續了整整一個月。

首先，來了解這個案子的相關背景。伯恩斯坦夫婦都來自倫敦北邊一個嚴格遵行傳統猶太教的社區，他們的婚事由兩人的雙親一手主導，沒有他們拒絕的餘地。不過雙方當事人都強調：他們的父母親只是替他們安排婚事，並未強迫他們必須接受。關於這一點，雙方很罕見地口徑一致。伯恩斯坦夫婦的婚姻維繫了十三年，而如今無論是家庭調解委員、社工人員或法官都認定他們之間的關係已經無法修復。這對怨偶現在已經分居，但對於兩個孩子的扶養問題仍然爭執不休。芮秋和諾拉目前與母親同住，並且與父親保持密切的往來。伯恩斯坦夫婦的婚姻在多年前就已經觸礁，由於小女兒出生時難產，伯恩斯坦太太在接受緊急手術後被宣告無法再度受孕。伯恩斯坦先生一心渴望兒女成群，因此夫妻關係開始惡化。伯恩斯坦太太在經歷一段低潮期（男方認為這段時間很長，女方認為只有一小段時間）之後，決定到空中大學進修，並習得了一技之長。等到他們的小女兒上學後，伯恩斯坦太太也開始在小學任教。她丈夫與家族中不少親戚都不喜歡這種轉變，因為幾個世紀以來，在傳統猶太教的習俗規範中，女性應該留在家裡相夫教子，而且生愈多小孩愈好。擁有大學學歷並出外工作的女性，對傳統猶太教而言實在非常罕見。以上的證詞是一位擔任男方證人的猶太教長老在出庭時說的。那位長老在當事人居住的社區裡具有崇高的地位，說話很有分量。

在傳統猶太教的習俗中，男性也不需接受太高的教育。他們從十幾歲開始就必須投注大量時間研讀猶太教教義，因此多半不會進入大學就讀。傳統猶太教教徒的生活都不算太富裕，有一部分應該是出於這個原因。伯恩斯坦夫婦的環境還算闊綽，但是等到他們接到律師費的帳單時，荷包恐怕會大失血。伯恩斯坦夫婦的祖父發明了一種替橄欖去籽的機器，享有一部分的專利權，之前曾經共同贈予他們兩人一筆錢，不然律師費肯定會讓他們傾家蕩產。他們個別委任的律師都相當知名，費歐娜聽過這兩位女律師的名號。從表面上來看，這對夫妻爭執的是芮秋與諾拉應該上哪一所學校，但其實他們在乎的是兩個女兒在成長過程中如何選擇人生的道路。伯恩斯坦夫婦為了自己堅信的理念，決定與對方抗爭到底。

在傳統猶太教的規範下，男孩和女孩必須分開上學，以保持他們心靈的純淨。他們不可以穿時髦的衣服，也不可以看電視或上網。如果哪家的孩子接觸了上述的事物，其他的小孩就不得與他來往。未能嚴格奉行猶太教戒律的家庭，會被趕出社區。在社區裡，每個人日常生活中的大小事都必須遵守既定的規矩。問題出在伯恩斯坦太太身上，雖然她沒有違反猶太教的教義，卻破壞了社區的規範。她不顧丈夫的反對，把兩個女兒送到一間兼收男女學生的猶太學校上課。那所學校的學生可以看電視、聽流行音樂、上網，還可以與非猶太教的孩童交朋友。伯恩斯坦太太希望她的女兒可以一直在那間學校讀書，直到她們年滿十六歲，倘若屆時她們願意繼續升學，就讓她們去上大學。在她提交的書面證詞中，她表示期盼兩個女兒能多了解其他人的生活方式，培養出寬容並蓄的心胸。長大之後能夠擁有她無緣爭取的工作機會，在經濟方面得以自給自足，然後嫁給具備專業技能、可以養家活口的男性，不要像她的丈夫，每天只會研讀猶太教的教律，還必須每星期提供八小時的義務教學。

儘管茱迪絲·伯恩斯坦的訴訟立場相當合理，她出庭時卻表現得不大自在。那張線條分明的臉上沒有一絲血色，凌亂的薑黃色鬈髮只用一個大大的藍色髮夾隨意固定著。她的情緒略顯激動，不停用長著雀斑的手指遞小紙條給她的律師，而且三不五時就發出無聲的嘆息。每當她丈夫的律師發言時，她就會不耐煩地翻白眼、嘟嘴巴。到了讓人精神萎靡的漫長午後，茱迪絲就伸手在她那個過大的駱駝皮手提包裡翻找東西，失禮地發出叮叮咚咚的聲響。她從包包裡拿出一包香菸與一個打火機，兩樣肯定會惹毛她丈夫的東西，然後把香菸和打火機並排在手邊，等待休息時間到來。費歐娜從居高臨下的法官座席把茱迪絲的舉動看得清清楚楚，但是她假裝什麼都沒看見。

在伯恩斯坦先生提交的書面證詞中，他指稱自己的妻子是一名非常自私的女性，而且有「情緒管理」的問題（在家事法庭中，這一類的指控相當常見，而且經常是雙方當事人彼此互控)，不僅背棄了婚姻，還與公婆和猶太教社區發生爭執，並且禁止兩個女兒與祖父母及整個社區接觸。茱迪絲在證人席上的說法卻完全相反，她表示是公婆不願意與她和孩子見面，除非她們同意遵守社區所規範的生活方式，斷絕與現代化世界及各類社交媒體接觸，並且依照猶太教的教義打理家務。

朱理安．伯恩斯坦身材高瘦，看起來像是掩藏小嬰兒摩西的蘆葦[5]。他的律師指控茱迪絲只顧自己的需求、無視兩個女兒的權益時，他就只是鬱鬱寡歡地低著頭，眼睛瞪著桌上的文件，任憑一小撮頭髮垂在臉前晃動。他的律師表示，伯恩斯坦太太口口聲聲說一切是為了孩子，其實根本是為了她自己。她強迫兩個女兒離開溫馨舒適且熟悉的環境，簡直是懲罰而非關愛。傳統猶太教社區的規矩與習俗非常周延，目標也很明確，已經經歷過數個世紀的檢驗。相較於世俗社會裡消費至上的人們，社區裡的教徒享有更快樂也更充實的人生——外面的世界只會嘲笑注重精神生活的猶太教，而且大眾文化根本貶低女性的價值。伯恩斯坦太太的企圖心相

5 摩西出生時，埃及王擔心以色列人會變得比埃及人更為強盛，因此下令殺掉以色列所有的男嬰。於是摩西的父母偷偷將三個月大的摩西放入紙箱，再把箱子藏在河邊的蘆葦中。

當不成熟，她採取的手段不尊重別人，甚至具有毀滅性。她對自己的愛，遠遠超過她對兩個女兒的愛。

針對這一點，茱迪絲的回應相當激烈。她認為傳統猶太教禁止教徒接受合宜的教育、否定工作的尊嚴，才會真正毀掉一個人，不論男女皆然。她從孩童時期開始一直到少女時期，就不斷被長輩灌輸一種觀念：人生的唯一目標，便是為丈夫理家，並且好好照顧他的孩子。這種觀念摧毀了她追尋自己人生目標的權利，於是，她只好突破重重難關，追求自己真正想要的生活：在空中大學念書，忍受周遭親友對她的嘲諷、輕視與詛咒。因此她告訴自己，絕對不讓兩個女兒也遭受到同樣的待遇。

雙方律師採行的辯論戰術，都是強調爭訟焦點不僅在於兩個女孩的教育問題（那顯然只是法官的看法）。費歐娜必須站在孩子的立場，決定這場訴訟的核心究竟全然是宗教方面的問題，抑或不完全與信仰理念相關。她必須考量文化習俗、自我認同、個人心態、理想抱負、家庭關係、基本原則的定義、對婚姻的基本忠誠度，以及人生不可知的未來。

審理這一類案件時，法官經常會傾向於維繫雙方當事人的夫妻關係，但前提當然是出於良善的考量，而且有利於雙方當事人。費歐娜的判決書洋洋灑灑寫了二十一頁，而這份判決書此刻擺在地板上，並且攤成扇狀，文字朝下，等著費歐娜一張一張拿起來重讀，同時以鉛筆重新潤飾。

主臥室沒有傳出任何聲音，只有外面車輛在雨中行駛時發出的沙沙聲。費歐娜厭惡自己竟然豎著耳朵偷聽傑克的一舉一動，但是她忍不住全神貫注、屏息傾聽，希望能聽見房門或地板發出任何聲響。儘管她確實想知道傑克在做什麼，但也害怕真的聽見。

高等法院的法官同僚經常誇讚費歐娜・梅伊，讚美她撰寫判決書時的清新文筆，以及她審理案件時的簡潔用語。即使是她不在的場合，大家也對她讚譽有加。那些讚美聽起來幾乎帶有諷刺意味，但也讓她覺得溫馨。某一天的午餐時間，有人發現首席大法官一面觀察著費歐娜，一面喃喃自語地說：「費歐娜總是和大家保持距離，就像個女神一樣。她不僅擁有魔鬼般的智慧，而且容貌美麗動人。」但是費歐娜對自己的看法是：隨著一年一年過去，她的個性變得愈來愈嚴謹，有些人可能會因此認為她的個性迂腐。由於她要求任何事物都應該要有憑有據，因此將來有一天，她的判決書可能會頻繁引用前輩的判決案例，例如霍夫曼法官審判的皮格洛斯卡案[6]，或是賓漢法官、沃德法官，以及舉足輕重的斯卡曼法官等人的判決案例。以上諸位法

6 皮格洛斯卡案（Piglowska v Piglowski），一九九九年英國著名的離婚判決案例。

官的判決意見，費歐娜都引用了。她此刻的思緒有點卡住，手裡拿著還沒重新細讀的判決書第一頁。她的人生會不會面臨重大的轉變？如果法律界同行得知她婚變，不久後會不會在午餐時間竊竊私語，甚至傳到林肯律師學院、內殿律師學院和中殿律師學院？她該不該把傑克趕出家門？趕出他們位於格雷律師學院廣場的舒適家園？她是否會一直獨居下去，直到房子租約到期？或者終有一日，她也會在宛如泰晤士河潮水般的歲月流轉中，從公寓裡消失？

費歐娜又把思緒轉回手中的判決書。第一部分是「相關背景」。她先敘述雙方當事人的日常生活起居，包括兩個孩子與母親同住的居家環境，以及她們與父親的互動狀況。然後她又以一個獨立的段落描述傳統猶太教的社區，以及社區的教徒如何把各項信仰活動當成生活的重心。費歐娜用鉛筆寫下：刻意區別信仰凱撒大帝與信仰上帝的不同，就如同刻意區分伊斯蘭教與猶太教的不同，根本毫無意義。但是將伊斯蘭教徒與猶太教徒一視同仁，對伯恩斯坦先生而言可能具有挑釁意味，假如伯恩斯坦先生是個非理性之人，而伯恩斯坦太太確實認為他不理性。這句話暫先保留。

判決書的第二部分是「道德觀的差異」。法庭必須從兩種不同的價值觀，為兩名小女孩決定她們應該接受哪種教育。在這一類案件中，光是以普羅大眾所接受的價值觀作為訴求，並沒有太大的幫助。費歐娜在這裡引用了霍夫曼法官的判決意見：「此乃涉及價值觀的判斷，但即便是理性之人也有不同的價值觀。既然法官也是人，就表示不同的法官對價值觀之認定也必然有所差異……」

接下來的數頁內容，費歐娜拿來鋪陳她最近迷上的新嗜好：認真且不厭其煩地閒扯題外話。她先用好幾百字來定義所謂的「福祉」，然後再討論這樣的「福祉」應該採用何種標準來加以認定。她採用海爾斯罕法官的意見，認為「福祉」就是「健康舒適」的同義詞，並且把影響孩童成長的各種因素全部考量進來。她認同湯姆·賓漢法官的意見，覺得自己必須採取中長期的觀點來加以檢視，因為現在的小孩可能會安然活到西元二十二世紀。費歐娜還引述了林德利大法官在一八九三年的判決意見，主張「福祉」的衡量標準不光只是物質環境的富足或是身體狀況的舒適。她想採用最宏觀的見解，無論福祉、快樂、舒適，都必須涵蓋「過好日子」的哲學概念。她列舉一些與孩童成長過程相關的要素與目標：在物質與精神層面不受限制、具備品德與同情心且懂得關懷他人、遇上困難時能無畏地面對並化解難關、發展健全的人際網絡、贏得別人的尊重、追尋人生更遠大的意義、在人生中擁有一段或數段比愛情更為重要的交往關係。

是的，關於最後這項目標，費歐娜自己也沒能實踐。裝著加水威士忌的酒杯就放在手邊，但是她一口都沒喝。威士忌有如尿液般的色澤，以及撲鼻而來的酒精味，突然讓她感到厭惡。費歐娜覺得自己應該要大發雷霆，應該要找老朋友吐吐苦水——她確實有好幾個可以談心的老朋友；她應該要衝進臥室，要求傑克把所有的細節告訴她。但她卻陷入了極度焦慮的狀態，畢竟判決書明天就要付印，所以她現在一定要打起精神，專心工作，先別管自己微不足道的私生活，或者說，私生活本就應該要微不足道。然而她的思緒依舊在手中的判決書及五十呎外那扇緊閉的主臥室房門間徘徊游移。她強迫自己讀完一大段判決意見，當初她在法庭上大聲說出這段見解時，其實心裡並沒有十足的把握，但反正這只是關於明顯事實的大膽陳述，不會有什麼問題。如果要讓孩童過舒適的日子，必然與社會群體息息相關，而孩童與家人、朋友之間錯綜複雜的人際網絡，更是極為重要的因素。沒有一個孩子應該被孤立，一如亞里斯多德的名言：「人類不能離群索居。」針對這個議題，費歐娜又洋洋灑灑寫了四百多個字，並且把她所知道的相關理論（例如亞當・斯密和約翰・斯圖爾特・密爾的見解）全都寫進去。任何一份出色的判決書，都應該要以這種文明的方式撰寫。

費歐娜接著指出，「舒適」是一種隨時間變化的概念，應以當代理性男女的感知為評定標準，上個世代認為舒適的標準，現在可能完全不適用。此外，宗教信仰或神學理論之間的差別，也輪不到世俗的法庭來決定。費歐娜引述柏切斯大法官的見解：「只要是『合法且為社會所接受』的宗教，都值得受尊重。」並以斯卡曼法官的負面說法加以補充：「宗教不得為『不道德的』或『被社會嫌惡的』行為。」

當孩童的權益與父母親的宗教理念相悖時，法庭應該慢慢介入，有時甚至「必須」慢慢介入。法院在什麼情況下「必須」慢慢介入呢？費歐娜回答這個問題時，引述了她最喜歡的判決意見，也就是頭腦聰明的孟比法官在上訴法院所做的判決：「人類變化無窮的環境條件，杜絕了專制任性的定義。」這個值得尊崇的判決意見，充滿著莎士比亞的風格。「傳統習俗不能腐蝕社會的多元變化。」這句話給了費歐娜一個別出心裁的觀點。她對於艾諾巴柏斯[7]的台詞相當熟悉，因為就讀法學院的時候，她曾經扮演過這個角色。那次的演出是在某個陽光燦爛的仲夏午後，地點在林肯律師學院的草地上，劇中所有的角色都由女生扮演。當時費歐娜才剛剛考完律師考試，困擾她已久的背痛問題也因此得以紓緩。就是在那段時間，傑克愛上了她，而且不久之後，她也愛上了傑克。他們第一次做愛是在一間租來的閣樓房間，那個房間被屋頂上的

7 艾諾巴柏斯（Domitius Enobarbus）：莎士比亞的悲劇故事《安東尼與克麗奧佩托拉》裡的角色。

午後陽光烤得炙熱無比，只有一扇無法開啟的小窗，可以望見泰晤士河東側一小段，河水朝著倫敦市中心的方向緩緩流去。

費歐娜突然想起傑克的小情人，他企圖擁有或者其實早已擁有的小情人——那個統計學家梅蘭妮。費歐娜曾經見過梅蘭妮一次，對方是一個話不多的年輕女子，有一雙深琥珀色的眼眸，腳上穿著可以刺破老舊橡木地板的細跟高跟鞋。「普通女性教人日久生厭／但她卻令人益發渴望／讓人感到最大的滿足。」[8]也許梅蘭妮散發著毒品般的魅力，讓傑克痴迷上癮，所以他才會移情別戀、個性大變，甘願拋棄自己的過去、未來和現在。但是梅蘭妮也可能和費歐娜一樣，只是一名教人日久生厭的「普通女性」，或許傑克在兩個星期內就會對梅蘭妮感到厭煩，改變心意回到費歐娜身邊，陪她一起規畫整個家族一同出遊度假的行程。

但無論是哪一種結果，都讓費歐娜難以忍受。

就算費歐娜難以忍受、就算傑克痴迷上癮，其實都已經不重要了。費歐娜強迫自己把注意力放在判決書上，回到她根據當事人證言所寫下的摘要，這種轉移注意力的方式頗有效率，還有助萌生枯燥的同情心。費歐娜接著提到法院社工人員的書面報告。負責這個案子的社工是一位體態豐滿、心地善良的年輕女子，她總是氣喘吁吁、一頭亂髮，總忘記紮好襯衫下襬，釦子也扣得亂七八糟。這位社工顯然是個迷糊的傻大姊，開庭時遲到了兩次，一次是因為汽車鑰匙出了某種複雜的問題，讓她誤將相關文件鎖在車裡，另外一次則是因為去學校接孩子下課。但她畢竟是「兒童與家庭訴訟諮商服務」派來的專業人士，不僅與雙方當事人相處融洽，處理問題時也表現得明智敏銳，因此費歐娜相當信任她所提供的書面報告。好，這個部分完成後，判決書的內容還要再寫些什麼呢？

費歐娜抬起頭，看見傑克正站在客廳的另一頭倒酒。他一口氣倒了不少酒，杯子裡的酒大約有三根指幅的高度，也許是四根。傑克光著腳丫，他是個率性的學者，夏天的時候，總是習慣在室內打赤腳走來走去。剛才屋內寂靜無聲時，傑克八成躺在床上，花了半個小時的時間盯著天花板上的木刻雕工，一面回想費歐娜那種蠻橫無理的反應。從傑克緊繃的肩膀、微駝的背脊以及用拇指用力壓下塞回酒瓶瓶塞的方式，種種跡象都顯示他準備和費歐娜大吵一架，她很清楚他這些小動作。

傑克轉過身，往費歐娜這邊走來，手裡拿著那杯沒有加水稀釋的威士忌。諾拉和芮秋那兩

8 出自《安東尼與克麗奧佩托拉》第二幕第二景的台詞。

個猶太女孩，此刻大概就像基督教的天使一般，躲在費歐娜身後徘徊，迫不及待想知道自己的命運。無奈她們這位凡塵俗世的上帝，正忙著煩惱自己的問題。從費歐娜低臥的角度望去，視線正好對上傑克的腳趾——他的腳趾甲修剪得整整齊齊，而且趾甲上的半月形看起來年輕明亮，與她那些長了菌斑的腳趾甲大不相同。他平時參加教職員網球隊，而且還在書房裡以健身器材鍛鍊身體，要求自己每天舉重一百下，因此體格保持得相當好。至於費歐娜，她每天的運動就是從法院抱著一大袋文件回家，以及刻意選擇爬樓梯而不搭電梯。傑克有一種豪放不羈的帥氣，方正的下巴微微歪向一側，露齒而笑的表情看起來像是一個什麼都毫不在乎的玩家，令他的學生深深著迷。他們怎麼也沒想到，一個古代史教授竟然如此英俊瀟灑。費歐娜以前從不擔心傑克會與年輕學生發生感情糾葛，可是現在一切都不同了。也許，儘管費歐娜每天必須面對人性弱點的糾結，但她依舊保持著天真浪漫的一面，傻傻地以為自己與傑克的婚姻不會像別人那樣崩壞。傑克唯一一本寫給非學術界讀者的著作《凱撒大帝的快展人生》，曾經讓他受到短時間的矚目。雖然他是靜悄悄地成名，但效應不容小覷，有一些輕浮的大二女孩可能因此迷戀他，刻意與他搭訕。費歐娜記得傑克的辦公室原本有一張沙發，但不知道現在還在不在。他的辦公室門上還有一個「請勿打擾」的法文吊牌，是多年前他們去巴黎度蜜月時從奎隆飯店帶回來的紀念品。這些瑣事都是費歐娜現在才突然想起的，她的疑心病已經開始侵蝕往日的美好回憶。

傑克在距離費歐娜最近的椅子上坐了下來。「既然你沒有辦法回答我剛才的問題，那麼我就把答案告訴你。我們上次做愛是七個星期又一天之前的事。這種性生活的頻率可以讓你心滿意足嗎？」

費歐娜平靜地反問他：「你是不是已經外遇很久了？」

傑克很清楚，要回答一個棘手的問題，最好的答案就是丟出另一個棘手的問題。「你是不是覺得我們已經老到不需要性生活了？是不是這樣？」

費歐娜說：「如果你已經外遇很久了，我希望你現在就去收拾行李，馬上搬離這個地方。」

這一步棋無疑是自我傷害的舉動，但是費歐娜沒有想太多，她只能用城堡換他的騎士，非常愚蠢，而且沒有辦法回頭。如果傑克留下來，對兩個人都是屈辱；如果他就此離開，他們的關係也將墜入毀滅的深淵。

傑克坐在一張包覆皮革的木頭椅，椅子的表面還有鉚釘裝飾，看起來帶點中世紀的風霜感。費歐娜向來不愛維多利亞時代的哥德式家具，到現在依然如此。傑克蹺著腳，一隻腳踝放在另一隻腳的膝蓋上，歪著頭看費歐娜，眼神中分不出是寬容或是憐憫。費歐娜不想與他對看，轉頭看往別處。七個星期又一天，聽起來也像帶點中世紀的味道，宛如古老的巡迴法院宣判的刑期。這個時候如果強迫費歐娜答辯，恐怕會讓她十分為難。他們曾經擁有不錯的性生活，而且持續許多年。當時他們做愛的次數頻繁、活力充沛，沒有任何複雜繁瑣的考量牽扯其中。他們在平日的清晨做愛，就在他們醒來之後，並趕在令人眼花撩亂的工作像陽光一樣穿透厚厚的主臥室窗簾之前。他們也會在週末下午做愛，有時就在梅克倫堡廣場的網球場，在他們與朋友打完混合雙打之後，他們會利用性愛將不滿對方打球失誤的情緒一筆勾銷。事實上，帶來深度愉悅且具備療癒功能的性愛，讓他們兩人順利進入彼此的生命，而且充滿歡樂，毋須贅言，甚至沒有詞彙足以形容那種感受——而這也是費歐娜聽見傑克提及這件事時感到萬般心痛的原因之一。他們對彼此的熱情，以及兩人做愛的頻率，都早已逐漸減少殆盡，但她竟然完全沒有察覺。

儘管如此，費歐娜仍深愛著傑克。她對他一向用情至深，忠誠專注地愛著他。去年傑克在阿爾卑斯山滑雪勝地梅瑞貝爾和老同學在坡道上比賽滑雪時，摔斷了腿和手腕，她用心照顧他，而且為了滿足他，她還跨坐到他身上。費歐娜現在想起這件事，腦中浮現傑克手腳都還打著石膏，躺在床上露齒而笑的畫面。但是這件往事也無法辯駁傑克指責他們七個星期沒有做愛的事實。再說，這根本不是傑克指責她的理由。傑克不是指責她不肯付出，而是缺少熱情。

接下來是年齡的問題。費歐娜的性慾還沒有完全乾涸，還不到那個地步，但是她年輕時的光采早已變得黯淡，就像有時人們會在一瞬間從十歲孩子的臉上瞥見成年人的模樣。如果說，此時攤開手腳坐在她面前的傑克看起來很荒謬愚蠢，那麼她現在的模樣，在傑克的眼中肯定更加可笑。儘管傑克的胸毛已經泛白，但他仍然相當自豪。他鬈曲的胸毛從襯衫最上端的鈕釦處露出來，彷彿也宣示著自己已經不再烏黑。至於傑克頭上的毛髮，也正以一種人們常見的模式漸漸稀薄，所以他將頭髮留長，這是一種心理補償，但是無濟於事。傑克小腿上的肌肉已經不再那麼發達，無法再將牛仔褲的褲管撐得飽滿。他目光中隱約透露出自己未來將經常缺席，空洞的眼神與凹陷的臉頰頗為相襯。就算費歐娜腳踝浮腫、背上的肥肉多得像夏日晴空裡的積雲、腰部也因為過了更年期而變粗壯，那又怎麼樣？這些身體上的變化根本只是毫釐之差，唯有偏執狂才會斤斤計較。比較糟糕的是，有時歲月會特別羞辱某些女性。費歐娜的嘴角已經開始下垂，這樣的容貌將會不斷遭人嫌惡。儘管下垂的嘴角對於頭戴假髮、怒視律師的法官而言不算什麼，但是對於一個渴望丈夫憐愛的女性，殺傷力非同小可。

費歐娜和傑克此時就如同青春期的孩子，在愛慾的驅使下，準備開始討論自己的需求。

傑克採取高明的戰略，故意忽視費歐娜的最後通牒，反問她一句：「我不認為我們應該就此放棄。你認為呢？」

「是你先放棄的，你選擇離開我去找另一個女人。」

「關於這點，我想你也有一部分責任。」

「打算毀了我們婚姻關係的人可不是我。」

「那只是你一廂情願的想法。」

傑克理直氣壯地丟出這句話，直接命中費歐娜心底深處對自己的質疑，讓她相信這令人尷尬的衝突場面其實是她造成的。

傑克小心地啜飲一口酒，他沒打算把自己灌醉，因為他還要為了自己的需求力爭到底。費歐娜肯定希望他抓狂失控、大喊大叫，所以他更要保持嚴肅與理智。

傑克看著費歐娜的雙眼，說：「你知道我愛你。」

「可是你想去找年輕的女人。」

「我只是想要擁有性生活。」

費歐娜希望自己能以溫情的承諾把傑克拉回身邊，她希望能以工作太忙、身體太累或沒有時間等理由向傑克表達歉意。但是她卻把頭轉開，什麼話都沒說。她不打算在這種充滿壓力的情況下低頭，只為挽回一段她目前興趣缺缺的肉慾生活，尤其她懷疑傑克早就已經出軌多時。面對費歐娜剛才提出的質疑，傑克沒有立即澄清，但是她不打算再問一次，除了攸關面子問題，她心裡其實也害怕聽見傑克的答案。

「所以呢？」經過一段長長的沉默，傑克又開口問。「你想放棄我們的婚姻？」

「如果迫不得已。」

「什麼意思？」

「給我一點時間改變，不然你就跟梅蘭妮雙宿雙飛吧！」

她覺得傑克明白她的意思，他只是想聽她親口說出那個女人的名字。費歐娜從來不曾大聲說出梅蘭妮的名字。傑克的臉顯然因為驚訝而抽搐，一種不由自主的微小抽動，或許是因為費歐娜直接挑明說出「雙宿雙飛」這樣的字眼。費歐娜不知道自己是不是已經失去了傑克，她突然感到有點頭暈，彷彿血壓在急速下降後又馬上快速飆升。她在躺椅上坐起身子，並且將手中的判決書放在地毯上。

「事情不是你想的那樣。」傑克說：「你換一個立場思考，如果你是我，我是你，你會怎麼做？」

「我不可能去跟別的男人亂搞，然後還跑來找你談判。」

「那你會怎麼做？」

「我會先了解是不是有什麼事情讓你煩心。」費歐娜覺得自己說得一本正經。

傑克對著她大大地攤開雙手，說：「好極了！」毫無疑問，他平常都對學生使出這種問答法。「那麼請你告訴我，是什麼事情讓你煩心？」

這種立場交換的假設，根本充滿了愚蠢與欺騙，因為這是唯一一個因應而生的問題，而且還是費歐娜自己提出來的。但是她覺得自己已經被傑克激怒，彷彿傑克比她優越，因此她沒有立刻回答，只是讓視線冷冷跳過傑克，望向客廳另一頭那架她已經兩個星期沒有彈奏的鋼琴，以及鋼琴上那些襯托這間公寓鄉村風格裝潢的銀色相框。照片裡有當年來參加他們婚禮的雙方父母、傑克的三個姊姊、費歐娜的兩個哥哥、她的嫂嫂和他的姊夫（其中有些人已經離婚了，彷彿大家都難逃婚變的魔咒），還有十一個侄兒、姪女與外甥、外甥女，以及那些侄甥陸續生下的十三個孩子。生命促使人們不斷繁衍下一代，但是費歐娜和傑克一個孩子也沒生，在幾乎每週舉辦一次、地點選在廉價古堡的多代同堂家庭聚會中，兩人只有分送生日禮物的份。費歐娜和傑克的住處十分寬敞，他們當了無數次的東道主。走廊盡頭有個大型儲物櫃，裡面擺滿了折疊式嬰兒床、兒童高腳椅和嬰兒護欄，還有三大箱被小孩咬過且玩得褪色的舊玩具，全都是親友送來的，準備讓他們家隨時可能出現的小訪客使用。今年夏天即將舉辦的家族聚會，預定地點為阿勒浦北方十哩外的一座城堡，目前還在等傑克和費歐娜做最後的決定。根據那份印刷得不太清晰的宣傳手冊指出，那座城堡外有一條護城河，還有一座可收可放的吊橋，以及一間牆壁上有鐵鈎與鐵環的地牢。以前用來折磨囚犯的場所，現在竟成了十二歲以下孩童體驗刺激的遊樂場。費歐娜突然又想起那宛如中世紀特有的案子。從連體雙胞胎那個案子的最後審理階段開始算起，已經過了七個星期又一天了。

只有法官才能看到那些令人同時心生恐懼與憐憫，且感到坐立難安的照片。照片裡是一對牙買加和蘇格蘭夫婦所生下的兩名男嬰，這兩名男嬰躺在小兒科的加護病房裡，身上連接著密密麻麻的生命維持系統。他們在骨盆處相連，共用一個身體，而各自的雙腿則分別往兩側伸展，與脊椎形成直角，看起來就像一個多觸手的海星。保溫箱旁邊架設著測量儀，儀器顯示這兩名身高六十公分的男嬰命在旦夕。他們的脊椎神經以及脊椎下緣相連，小小的眼睛緊閉著，四隻小手高高舉起，彷彿是說他們的性命任憑法院處置。他們的名字是依聖經上的使徒而取，分別叫做馬太和馬可，但神聖的名字對於判決並沒有幫助。馬太的頭顱腫大，耳朵只是粉紅皮膚上的小凹洞；馬可的頭顱則看起來很正常，並且戴著新生兒專用的羊毛帽。這對小兄弟共用一個膀胱，但主要臟器在馬可的腹腔內。一位醫學專家表示，他們的膀胱可以「自行透過兩人各自獨立的尿道排放尿液」。馬太的心臟雖然很大，但是「幾乎沒有跳動」，得靠馬可的主動脈將血液送進馬太的體內，因此兩人其實是藉由馬可的心臟維持生命。馬太的腦部嚴重畸形，無法正常發育，他的胸腔也沒有可以運作的肺臟組織。一名護理人員說：「馬太沒有肺臟，所以就算想哭都沒辦法。」

馬可能夠正常吸吮，兄弟兩人進食與呼吸的重責大任都落在他身上。但由於他必須負責「所有的工作」，因此身體相當瘦弱。馬太什麼忙都幫不上，反而體重漸增。馬可的心臟由於負擔過重，遲早會因為功能衰竭而導致兩人一同死去。至於馬太，他應該活不過六個月，但是等他死的時候，馬可會跟著陪葬。於是倫敦這家醫院急著尋求他們父母的同意，希望能盡速為這對雙胞胎開刀。唯有將他們分開，才能拯救馬可的性命，畢竟馬可還有機會成為一個正常且健康的孩子。不過，如果將馬可與馬太分開，外科醫生就必須鉗住並切斷這對兄弟共用的主動脈，任憑馬太死亡，然後再為馬可進行一連串複雜的重建手術。這對兄弟的父母是居住在牙買加北海岸某個小村落的虔誠天主教徒，靠著信仰的力量支撐度日。夫妻倆平靜地婉拒了醫院提議的這項謀殺手術，因為他們認為生命是上帝給的，只有上帝可以將生命收回。

費歐娜隱約記得，當初媒體上有許多持久不散且令人厭惡的輿論，不斷擾亂她的判斷力，就像是一千個響不停的汽車警報器、一千名發狂嘶喊的女巫，不斷以陳腔濫調將這個案子炒作成令人驚叫的頭條新聞。醫生、牧師、電視與電台主持人、報紙專欄作家、連體雙胞胎父母的同事、親戚、計程車司機，全國上上下下都有不同的看法，而且每種看法都以引人注目的元素包裝，例如：「命運悲慘的兩名男嬰」，或是「虔誠、善良、立場堅定、深愛彼此也深愛孩子的雙親」。各界不斷討論生命價值、親情之愛，以及與時間拔河的死亡威脅。戴著口罩的外科醫生不贊同連體雙胞胎父母以超自然的信仰做決策，但社會大眾則分為兩派觀點：一派是採世俗觀點，覺得法院毋須考量太多繁文縟節，畢竟從道德層面就可以輕易得到答案——選擇讓一個孩子得救，總好過兩個孩子都死亡；另一派的意見則除了堅信上帝存在之外，還認為應該以上帝的意念為依歸。費歐娜在判決書的開場白就先引用沃德法官的話，提醒各方相關人士：「法庭講求凡事合乎法律，而非合乎道德。我們的職責是找出事實的真相，然後再以適用的法條加以規範。由於每一個案件都有其獨特性，因此適用的法規也各不相同。」

無論大家爭辯得多麼激烈，最後只能有一個令人滿意的結果。或者說，一個比較不會令人不滿意的結果。單憑司法單位來裁定結果，並不是件容易的事。除了刻不容緩的時間壓力之外，還有七嘴八舌的社會輿論在旁邊看好戲。費歐娜必須在短短一個星期內寫出一萬三千字的判決書，否則等她交出判決書給上訴法院時，上訴法院的時間壓力會更加緊迫，因此她不得不快馬加鞭。然而，沒有人能夠恣意主張某個人的生命比另一個人的生命更有價值。如果將這對雙胞胎分開，就等於殺死馬太；但如果不將他們分開、不對他們採取任何行動，就等於殺死他們兩個人。以法律和道德的角度來做決定，可以拿捏的空間實在非常狹隘，只能選擇採取對兩名孩子傷害較小的方式。無論如何，身為法官的費歐娜還是必須考量怎麼做才對馬太有利。讓他死去顯然不是最好的選擇，但是他也沒辦法活下去，因為他的腦部發育不全，沒有肺臟，心臟也無法運作，可能正承受著莫大的痛苦，注定只有死路一條，而且剩下的日子不多。

費歐娜以這樣的觀點提出抗辯，上訴法院也接受了她的看法，同意馬太的情況與馬可大不相同，手術對他而言並無利益。

如果要選擇傷害較小的方式，這個論點就不合法，因為切開雙胞胎的身體、鉗斷馬太的主動脈，形同謀殺馬太，既然是謀殺，在法律上怎麼可能站得住腳？於是費歐娜駁回了醫院委任律師的緊急請求，因為馬可是馬太賴以生存的命脈，分開這對雙胞胎，等於切斷馬太的生命維持系統。這種分割手術太具侵略性，非法侵害了馬太身體的完整性，所以難以定義為單純只是中止某種療程。費歐娜改從「必要性原則」的論點出發：根據普通法的規範，在特定情況下，為了避免更嚴重的後果發生，法律容許某些違反刑法的行為，而且英國議會也將不予干涉。費歐娜舉了一個案例來說明：一群人在他們自己的國家遭受政治迫害，因此劫持飛機前往倫敦。儘管他們的行為對飛機上其他乘客構成恐嚇脅迫，但最後仍被英國法院判定無罪，因為他們是為了躲避祖國的壓迫，不得不以劫機的手段求生。

換言之，法律考量的關鍵因素是「行為的意圖」。進行分割手術的目的，不是為了殺死馬太，而是為了救馬可一命。因為馬太的身體狀況會拖累馬可，所以醫生必須搶救馬可，替他除去致命的威脅。儘管馬太在分割手術之後會死去，但分割手術的目的並非謀殺他，而是他沒有辦法靠自己存活下去。

上訴法院同意費歐娜的判決意見，雙胞胎父母提出的上訴因此遭到駁回。兩天之後的早上七點鐘，這對雙胞胎就被送進手術室。

許多費歐娜敬重的同事紛紛前來向她道賀，或是寫值得珍藏在文件夾裡的讚許信給她，整個法律界都認為她的判決意見既優雅又正確。馬可的器官重建手術相當成功，社會輿論的關注也隨之淡去，大家繼續過自己的日子。然而費歐娜沒有一絲欣喜，她心裡無法擺脫這個案件帶來的陰影，總是在夜深人靜時輾轉難眠，花上數個小時研究案子細節、改寫判決書裡的幾個段落，並試圖從不同角度來裁定這個案子。失眠時的費歐娜，有時還會不停思索某些她私人經常面對的問題，包括沒有生育小孩這件事。在那段時間，她也陸續收到一些淺色的信箋，全是來自虔誠教徒的惡毒批評。那些人認為應該放任這對雙胞胎兄弟一起死去，因此對費歐娜的判決相當不滿。有些人用鄙穢不堪的字句辱罵她，有些人甚至表示打算對她不利，其中幾個人還宣稱知道她住在什麼地方。

那段精神緊繃的日子，在費歐娜心中留下了陰影，直到現在才開始慢慢消退。「是什麼事情讓你煩心？」傑克此刻提出的問題，其實是她自己丟出去的問題，而傑克正等著她回答。當初在舉行連體嬰案聽證會之前，費歐娜收到了英國國會羅馬天主教大主教寄來的仲裁申請書。為了表示尊重，她特別在判決書裡保留一整段篇幅，表明大主教希望馬可能與馬太一同死去，因為那才是上帝的旨意。神職人員因為遵奉神學，企圖扼殺一個有機會存活的生命，費歐娜並不感到意外，但也不打算予以理會。其實法律也有類似的偏執面，有時會允許醫生放任病入膏肓的患者窒息、脫水或飢餓而亡，卻不允許醫生為這類病患注射安樂死藥劑。

每到夜晚時分，費歐娜總會想起那對連體雙胞胎的照片，還有她用來參考的其他十多個病例，以及醫學專家所提供的手術詳細資料。資料內容包括那對兄弟身上的殘缺，以及為了給予馬可正常的人生，醫生將如何切割兩個小嬰兒的肉體、重建馬可的內臟器官，並將他的雙腿、生殖器與腸道扭轉九十度。在深夜的臥室裡，傑克在她身旁輕輕地打鼾，她的心情卻如臨深淵。費歐娜在腦子裡無能為力地看著馬太和馬可，但什麼忙都幫不上。受精過程中由於某種化學程式出錯，一連串的蛋白質反應也跟著混亂，導致微小的卵子未能及時完成分裂。這種分子造成的錯誤持續往外擴張，宛如一個爆炸的小宇宙，為生命帶來了嚴重的苦難。這不是人為的殘酷暴行，也無關什麼復仇行動，更不是神祕的超自然力量作祟，純粹只是基因轉錄過程錯誤，讓酵素催化產生扭曲，導致化學鍵遭到破壞。這些自然消耗的過程原本無關緊要，而且沒有特殊意義，目的只是產出健康又完好的生命。每一個生命都同樣出自偶然、同樣不具意圖。人類來到這個世界，需要一點點好運，你的身體才能在正確的部位長著正確的器官、你才會擁有愛你而非虐待你、遺棄你的父母，而且不必遭遇地區性或社會上的種種不幸，例如戰爭與貧窮。擁有這樣好運氣的人，才會覺得孕育生命的過程是善良又厚道的。

這個案子讓費歐娜麻木了一段時間，她不再那麼關心身旁的人事物，感受力也降低了，每天只忙著工作，不和別人交談。她也開始對人的身體感到厭惡，頂多勉強不去排斥看見自己和傑克的身體。這種事情，她應該怎麼開口對傑克說明？畢竟聽起來實在讓人無法信服。她該如何告訴他，司法工作對她造成打擊？在費歐娜審理過的諸多案件中，這個案子的悲慘度、繁瑣度與公眾關注度，都對她造成非常深刻的影響。有一段時間，費歐娜覺得自己身體的某部分已經隨著可憐的馬太過世了，因此她變得冷漠。是她讓那個孩子的生命走到盡頭，是她洋洋灑灑寫了三十四頁的判決書將他趕出這個世界，是她無視他腫大的頭顱與無法跳動的心臟，是她認定他注定要死！她自己就和那個大主教一樣不通人情，因此心靈乾枯的下場，是她該有的報應。儘管那種感覺現在已經消散了，但傷痕還留在記憶中，就算經過七個星期又一天，傷痕永遠不會消失。

費歐娜覺得，如果肉身不存在，她就能夠自由自在地漂浮於人間，完全不受任何拘束，或許那才是最適合她的生存方式。

傑克將酒杯放在玻璃桌上的聲響將費歐娜帶回了現實世界，並提醒她好好面對傑克提出的問題。傑克堅定地看著她，雖然她知道應該如何回答傑克，但是她現在沒有坦然面對的心情，也不想表現出自己脆弱的那一面。她手邊還有工作等著完成，她必須再把判決書的結論校對一遍，那兩個猶太小女孩還在等她。此刻的問題根本不是她心情的好壞，而是傑克將如何選擇，以及他正對她施加的壓力。突然間，費歐娜再度感到憤怒。

「我問你最後一次，傑克，你是不是已經和她在一起了？如果你還是不肯回答，我就當答案是肯定的。」

傑克也發怒了，他從椅子上起身，離開她走向鋼琴，然後停下腳步，將一隻手搭在掀開的琴蓋上，打算先讓情緒沉澱一會兒，然後才轉過身來。那一刻，他們之間的沉默逐漸擴大、蔓延。窗外原本激烈的雨勢已經停歇，廣場上的梧桐樹也跟著靜止。

「我想我已經把話說得很清楚，我希望對你開誠布公。我只和她共進午餐，其他什麼事都沒發生。我希望能先對你說清楚，我想……」

「夠了，這些你剛才已經說過了。既然你已經打定主意，現在你還想要怎麼樣？」

「現在輪到你來告訴我了，究竟是什麼事情讓你煩心？」

「你是什麼時候約她吃午餐的？在什麼地方？」

「上個星期，在學校裡吃的。我和她什麼事都沒發生。」

「你所謂的『什麼事都沒發生』，未來顯然將會發展成一段外遇關係。」

傑克依舊站在房間的另一頭。「你說得沒錯。」他死板地說，語調裡沒有抑揚頓挫。經過費歐娜不斷拷問，傑克已經筋疲力竭。他一開始竟然以為自己可以全身而退，實在是天真得有點誇張。費歐娜在巡迴法院服務期間，曾經面對過一些年邁又不識字的慣犯，其中有些人甚至老到牙齒都快掉光了。那些慣犯每次出庭應訊，總是站在被告席中一面思考、一面回答問題，但他們應答的技巧一次比一次高明。

「你說得沒錯。」傑克又重複了一次。「我很抱歉。」

「你知道自己即將摧毀什麼嗎？」

「這也是我一直想對你說的。我們之間出了問題，但是你卻什麼都不告訴我。」

讓他走吧！費歐娜的腦子裡出現一個聲音，是她自己的聲音。不過，原本她心中那股恐懼感又立即籠罩她。她沒有辦法，而且也不打算獨自過完餘生。費歐娜有兩位與她年齡相仿的閨中密友，她們都已經與丈夫離婚多年，但是直到現在，她們還是非常厭惡在無人作陪的情況下走進人多的場合。除了不想承受來自社會的同情眼光之外，費歐娜知道自己還深愛著傑克。不過，此時此刻，她對他沒有一絲愛的感覺。

「你的問題，在於你從不認為自己應該說出心裡的想法。」傑克在客廳的另一頭說：「其實你早就已經離我遠去了。我相信你也明白這一點。我早已發現你的心思不在我們的婚姻裡，這種感覺讓我耿耿於懷。如果你能保證這種情況不會持續太久，或者讓我知悉背後的理由，我想，或許我還能夠忍受。所以……」

傑克終於把話鋒指向這一點，但是費歐娜永遠沒有機會知悉他這番話的結論，也沒有機會在自己盛怒的情況下給予回應，因為電話突然響了起來。費歐娜反射性地拿起電話聽筒，今天她值班，打電話來的人肯定是她的書記官，奈吉．鮑林。一如往常，奈吉說話時有些吞吞吐吐，幾乎到了口吃的程度，但是這位書記官做事很有效率，而且懂得保持距離，讓人覺得很舒服。

「不好意思，這麼晚還來打擾您，法官大人。」

「沒有關係。有事請直說。」

「我們接到一通電話，是旺茲沃思區那間伊迪絲．卡維爾醫院的委任律師打來的。那間醫院急著要替一名癌症病患進行輸血，病患是個十七歲的男孩。但那個男孩和他的父母都拒絕輸血，因此醫院希望能夠……」

「他們為什麼拒絕？」

「他們是『耶和華見證人』[9]的信徒，法官大人。」

「原來如此。」

「因此醫院希望能請法院下達命令，好讓他們在合法的情況下替病患進行輸血，儘管這麼做會違反病患與家屬的意願。」

費歐娜看看手表，時間剛過晚上十點半。

「我們有多少時間？」

「醫院表示，如果拖到星期三還不輸血，病患的情況就危險了，而且是非常危險。」

她環顧四周，發現傑克已經離開客廳了。她說：「那麼我們就在星期二下午召開緊急聽證會，通知相關人士，並請醫院轉達給病患的家長。家長可自由決定是否申訴。請法院替那個男孩指派一名監護律師，並請醫院在星期二下午兩點之前提供必要的證據。腫瘤科的主治醫師必須提供證人陳述書。」

有那麼一下子，費歐娜的腦子突然空白了一會兒，然後她才又清清喉嚨繼續說：「如果必要的話，請醫生附上相關文件，我想確認醫院為什麼認為病人非要接受輸血不可。病人的雙親也要在星期二中午前盡可能提交證據。」

「我馬上就去辦。」

費歐娜走到窗戶旁，望向廣場的另一端。在天色逐漸轉暗的六月夏夜裡，那邊的樹木只剩下密實的黑影。黃色的街燈，在路面上映出一個又一個明亮的圓圈。星期天晚間路上車輛不多，無論是格雷律師學院路或是高霍爾本區，都沒有任何噪音傳來，費歐娜只聽見稀疏的雨滴落在樹葉上的聲音，以及附近排水管隱約發出有如音樂般的潺潺水聲。她還看見鄰居的貓咪在

9 耶和華見證人（Jehovah's Witnesses）：起始於一八七〇年代末期，是美國的獨立宗教團體，屬基督教非傳統教派的一支。

樓下走動，那隻貓先迂迴繞過一個小水坑，然後才消失在黑暗之中。傑克沒有把話說完就離開，這點並未讓費歐娜感到難過，反正他們的對話已經坦白得令人痛苦不堪。無可否認，這個臨時找上門的醫院輸血案，將費歐娜從寸草不生的荒地中拯救了出來。又是與宗教有關的問題，宗教總有自己慰藉生命的方式。既然那個罹癌的男孩已經即將年滿十八歲、即將達到能自主的法定年齡，他的想法將會是本案的核心關鍵。

或許，這個打斷費歐娜與傑克的突發案件，是為了幫助她重獲自由。在這座城市的另一頭，有一名少年正為了自己和父母的信仰，與無情的死神拔河，而費歐娜的職責或使命，並不是拯救那個少年的性命，而是決定應該怎麼做才合理又合法。她希望能撥出一、兩個小時，親自見見這個男孩，這麼做也可以幫助自己掙脫家中與法庭等令人煩心的一切。費歐娜希望藉著這樣的過程，進一步理解問題，並透過自己的觀察來判決。病患父母親的信仰可能會強化他們兒子的信仰，以致那個男孩被判了死刑卻不敢替自己爭取生機。在這個年頭，替自己尋求出路似乎變得不再合乎傳統習俗了。在一九八〇年代，法官可以將青少年交付法院監護，並且直接在法官辦公室、醫院，或青少年家裡進行探視。當時還延續著某種貴族式的理想，就像一襲凹陷且生鏽的盔甲。過去幾個世紀以來，法官代替君主行使司法權，一直在這個國家擔任著每位孩童的監護人。如今，這個任務由「兒童與家庭訴訟諮商服務」的社工人員負責，由他們向法官回報。雖然舊有體制的速度慢、效率低，但是保存了人情味。現在的體制不常發生延誤，但是有更多事務必須確認，而且也更倚賴彼此的信任感。孩子的生活狀況，全部儲存在電腦的記憶體裡，雖然資料精確，卻少了一份親切感。

到醫院探望罹癌少年，是費歐娜一時心血來潮、帶點感情用事的決定。她從窗戶旁轉身走回躺椅時，就已經打消念頭了。她坐回躺椅，不耐煩地嘆了一口氣，然後拿起那份攸關兩名斯坦福丘猶太社區小女孩權益的判決書。她手裡拿著判決書最後幾頁結論的部分，卻根本讀不下自己寫的內容。這已經不是第一次了。她荒謬且無意義的審判，讓自己沮喪得什麼事都不想做。家長為孩子選擇學校原本是一件單純、重要、簡單又私人的事情，卻因夫妻意見不合而演變成雙方鬧翻的導火線，以致先後在可怕的文書往來與法律訴訟上耗費大筆金錢。本案開庭所需的相關資料繁多且沉重，甚至必須裝載在手推車上才有辦法一次拖進法庭。伯恩斯坦夫婦為了兩個女兒的教育爭論不休，經歷一次又一次的聽證程序，而法官的審判決議也一再延期，讓這場鬧劇持續上演，但是也只能在法院的層層等級中緩慢進行，彷彿一個斜斜飄著且絆著繩索的熱汽球。假如伯恩斯坦夫婦無法達成共識，法庭就算再怎麼不情願，還是必須裁定。費歐娜將以嚴肅的態度看待本案，並且依循所有專業程序，審理這個「因愛結合、因恨分開」的家事案件。其實這個案子應該直接交給社工人員處理，因為社工人員大概只需花半個小時，就能做出明智的決定。

費歐娜比較認同心情不安且略顯激動的茱迪絲。根據書記官的轉述，茱迪絲每次一到休息時間，就會立刻步出法庭，走過鋪著大理石地板的走廊和法院那道磨得發亮的石頭拱門，出到河濱大道，然後拿出香菸猛抽。費歐娜認為那兩個小女孩應該繼續待在母親為她們安排的男女混合學校上課，一直到十八歲，然後再決定要不要繼續深造。不過，費歐娜的判決書仍表達出她對傳統猶太教社區的尊重，包括其持續不墜的神聖傳統及各種禮儀。她還特別補充說明：「法院並不偏好任何特定宗教，只要是虔誠的信仰，法院都予以敬重和支持。」伯恩斯坦先生從猶太教社區找來的證人，根本還幫了倒忙。其中一位受人尊崇的長老表示，他們期望社區的女性能全心全意投入家庭，好好打理一個「安定的家園」，因此女性年滿十六歲之後是否繼續接受教育，一點也不重要。這番言論聽起來實在過於高傲。另外一位證人則表示，「進入職場」這件事對猶太教社區的男性來說已經極不尋常了，更何況是女性。第三位證人則強力主張女孩和男孩在學校裡應該完全隔離，以保持他們的身心純潔。費歐娜在判決書中指出，這三位證人所說的一切，與主流觀念中家長教育子女的方式大不相同，但是成人應該要鼓勵孩童發展自己的志向，才合乎司法制度下理性的父母應當抱持的觀念。費歐娜接受社工人員的意見，認為倘若那兩個小女孩被帶回父親所屬的封閉社會，可能就一輩子再也無法見到她們的母親，但如果她們留在母親身旁，應該仍有機會與父親往來互動。

總而言之，法院的職責就是讓這兩個小女孩好好成長，等到她們成年之後，再自行決定她們想要過什麼樣的人生。這兩個小女孩可能會選擇父親信仰宗教的方式，也可能是母親的方式，或者，她們可能會從其他地方找到自己滿意的生活模式。一旦她們年滿十八歲，就不再需要聽從父母和法院的意見。在判決書的結尾，費歐娜稍微責備了伯恩斯坦先生。她指出伯恩斯坦先生在審判期間是受到女性律師提供的法律幫助，而且也從法院指派的女性社工人員身上吸收不少有益的經驗（就是「兒童與家庭訴訟諮商服務」那位辦事敏銳但個性迷糊的女士）；不僅如此，他還必須服從女性法官裁定的結果。根據上述所言，或許他應該問問自己，為什麼不願意提供女兒學習專業知識的機會。

這份判決書終於完成了。明天一早，修改過的部分就會鍵入這份判決書的最終版。費歐娜站起來伸展身體，然後拿起她和傑克的威士忌酒杯，走到廚房將酒杯清洗乾淨。溫水流過她的雙手，感覺相當柔和，讓她不自覺地在水槽邊放空，大約有半分鐘之久。不過，她也同時偷聽著傑克的動靜。老舊管線的隆隆聲響，可以讓她聽出傑克是否已經上床睡覺。接著她又回到客廳，打開電燈，並且無意識地再度走到窗戶旁。

她驚見傑克手裡拖著行李箱，肩膀側背著工作用的公事包，獨自走在廣場上，就在鄰居那隻貓咪剛才繞過的水坑不遠處。傑克走到他的車子旁，那輛屬於他們的汽車，打開車門，把行李放在後座，坐上駕駛座，發動引擎。汽車的前車燈亮起，前輪以最大幅度轉往一側，從狹窄的停車格裡開出來。費歐娜可隱約聽見車內收音機傳來的聲音。傑克正在收聽流行音樂頻道，但是他明明很討厭流行音樂。

傑克可能在傍晚就已經收拾好行李，提前在他們展開對話之前就準備妥當。不過也有可能是他在吵架途中收拾行李的，在他回到主臥室的時候。費歐娜此刻應該要心煩意亂，或是極度憤慨，或是悲傷無奈，但她卻只覺得疲憊不堪。她想，自己還是實際一點比較好。如果她現在上床睡覺，應該不必服用安眠藥就能沉沉睡去。她走回廚房，但說服自己並不是想查看傑克有沒有留下紙條。她和傑克總是習慣把留給對方的紙條放在廚房的松木桌上。現在，松木桌上果然沒有任何紙條。她鎖上前門，關掉走廊上的燈。主臥室裡整整齊齊，彷彿完全沒有人進來過。費歐娜打開衣櫃，以妻子的身分檢視丈夫短少的衣物。傑克拿走了三套西裝，其中最新的一套，是君皇仕的灰白色亞麻西裝。她接著走進浴室，但是不願打開傑克的櫥櫃，查看他從盥洗包裡帶走哪些物品。她覺得自己已經知道得夠多了。躺在床上時，費歐娜腦中唯一想到的事，是傑克提著行李走過走廊時肯定小心翼翼，才沒讓她聽見任何聲響，並且鬼鬼祟祟地關上前門。

儘管費歐娜的腦子裡不停想東想西，最後仍然不敵睡意。只不過，睡眠沒有辦法讓她完全解脫，因為還不到一個小時，她腦中又被那些孩子的影像占據，也許他們想尋求一點幫助。夢中的那些臉孔合併為一，然後又一一分開。連體雙胞胎當中沒有耳朵、頭部腫脹且心臟無法運作的馬太，瞪大了眼睛看著費歐娜，一如其他的漫漫長夜。至於那對猶太小姊妹，諾拉和芮秋，則是以充滿遺憾的語調細數一項又一項過錯，可能是費歐娜的過錯，也可能是她們自己的過錯。傑克的影像靠得愈來愈近，將他長了新皺紋的額頭放在她的肩膀上，嗚咽地向她解釋，一切都是因為她太投入工作，才迫使他對未來有所選擇。

鬧鐘在清晨六點半響起，費歐娜驚醒後坐在床上，先茫然地看著身旁空蕩蕩的床位，然後才走進浴室盥洗，準備展開在法庭工作的一天。

第二章

費歐娜依著慣常的路線，從格雷律師學院廣場的住家出發，前往法院上班，試著不讓自己胡思亂想。她一手拿著公事包，另一手高舉著雨傘。早晨的光影呈暗綠色，城市裡清涼的氣息微撲她的臉頰。她從住家正門走出來時，對著那個名叫約翰的親切警衛迅速點個頭，避免與他進行一段簡短而愉悅的閒談。她不希望別人看出她的人生正面臨危機，只希望能藉由聆聽一段熟悉的樂曲來轉移自己對目前處境的注意力。她傾聽某位鋼琴家完美詮釋巴哈鍵盤組曲的琴音，讓樂曲壓過交通尖峰時段的喧囂。這位鋼琴家的演奏水準，是她永遠無法達到的理想境界。

這個夏季大部分的時間都下著雨，城市裡的樹木似乎因此變得浮腫，彷彿連樹梢都膨脹了。人行道的路面，被雨水沖洗過後也變得更乾淨平滑。高霍爾本區的車輛，在雨後潔淨得有如汽車展示中心的陳列品。與費歐娜上次看見泰晤士河時相比，漲潮後的河面好像升高了，河水也變成深棕色，陰沉又叛逆地拍打著橋墩的防波堤，彷彿準備隨時淹沒大街。每個人仍然繼續忙著自己的事，即使渾身濕透、抱怨連連，依舊不屈不撓。噴射氣流受到不可抗力的破壞而往南偏折，阻擋了來自亞速爾群島的夏季香氣，並吸來北方的冷空氣。這種結果究竟是因為融化海冰的人為力量擾亂了上空氣流？還是因為無法歸咎任何人的不規則太陽黑子活動？抑或是宛如一種古老節奏的大自然環境變化，左右著地球的命運？或許上述三種因素都脫不了關係，但也許只是其中兩種因素造成的。一大早就思考這些解釋與理論，似乎沒有什麼益處，畢竟費歐娜和其他倫敦客一樣，還要趕著上班。

費歐娜穿過馬路走到大法官法庭巷時，雨不僅下得更大，一陣突來的冷風還把雨絲吹斜。此時天色變得更加陰暗，雨水冰冷地彈落在她的腿上。路上的行人各自懷著心事，沉默不語地匆匆走過。高霍爾本區繁忙的車流在她身旁呼嘯疾駛，閃閃發光的車頭燈映照在柏油路面上。她又聆聽了一次氣勢恢宏的開場樂章——透過義大利式的慢板節奏，以緩慢而密集的和弦來呈現類似爵士樂的風情。這首曲子讓她想起傑克。這是無法避免的，因為費歐娜當初學彈這首曲子，就是去年四月為了替傑克慶生。那一天的黃昏，在他們位於格雷律師學院廣場的家中，費歐娜和傑克兩人都才剛剛下班回到家。他們點亮桌燈，傑克手裡拿著一杯香檳，而費歐娜的酒杯則放在鋼琴上。她為他演奏了這首曲子，展現她幾個星期以來特別苦練的成果。他驚呼連連，表達他的讚賞與喜悅。他甚至還體貼地表現出大吃一驚的模樣。然後他們深吻對方，久久捨不得分開。費歐娜口中輕聲呢喃「祝你生日快樂」時，傑克感動得濕了眼眶。最後，兩人舉杯慶賀，彼此的酒杯敲擊出有如長笛般悅耳的清脆聲響。

費歐娜突然自怨自艾起來，無奈地想起自己以前為傑克所做的種種，項目多得令人咋舌——為了給他驚喜而購買的歌劇門票，費心策畫的巴黎之旅，以及一次玩遍杜布羅夫尼克、維也納和第里雅斯特的義大利之旅，專程飛往羅馬古競技場朝聖的凱斯・傑瑞[10]演奏會（傑克事前毫不知情，只是乖乖依照她的指示，打包了一個小行李箱，並且帶著護照，下班後直接到機場與她碰頭），一雙以特殊工具雕飾的牛仔皮靴，一個刻了字的掛腰酒瓶。此外，因為傑克近來迷上地質學，費歐娜為了表達自己的認同，還送了他一個十九世紀探險家用來採集標本的小榔頭，可以裝在皮套內。在傑克邁入第二青春期的五十歲生日，她更買下一支原本屬於蓋

---

10 凱斯・傑瑞（Keith Jarret）：美國爵士樂鋼琴家、古典鋼琴家與作曲家。

伊・巴克[11]的小喇叭送他。這些禮物只能代表她極力逗他開心的一小部分，而性愛更只是這一小部分當中的一環，然而，兩人最近房事不順的小問題，卻被傑克誇飾成不公不義的大罪過。

除了悲哀及逐漸累積的不滿，費歐娜心裡還有一股怒意。她本來還正處於老年期的起步階段，剛剛學著爬行，如今卻意外變成一個五十九歲老棄婦。她從大法官法庭巷轉往一條通往林肯律師學院宏偉建築的狹窄小路，並強迫自己將心思拉回正在聆聽的組曲。雨水打在她的傘上，發出滴滴答答的聲響，但她仍然可以聽見旋律輕快的行板，並讓自己的步伐順著節奏走。這種旋律在巴哈的作品中並不常見。透過徐緩的低音，呈現出一種無憂無慮的美麗氛圍。費歐娜的腳步就隨著超凡脫俗的輕盈旋律，從大會堂門前經過。雖然巴哈藉著音樂清楚表達人性意涵，但是音符本身沒有任何意義，只是可愛而純粹。或許音樂是一種最模糊也最偉大的形式，讓巴哈傳達他對世人的愛，或者，對子女的愛。巴哈在兩段婚姻裡一共生了二十個孩子，他不僅沒有讓工作妨礙自己去關愛、指導、照顧那活下來的孩子，甚至還為他們編寫樂曲。耳機裡播放出費歐娜辛苦學會的賦格曲[12]時，她不免又想起當初為了表達對丈夫的愛意而苦練琴藝，幾乎達到可以快速而精準演奏的水準，沒有絲毫誤差，而且琴音清晰分明。

對，她沒有子女的事實就是「賦格」，是一種追逐、一趟飛行，一趟從她循規蹈矩的命運偏離的飛行。雖然她早就習以為常，但此刻她不願思考這件事。在她母親的觀念中，沒能生育的費歐娜不算是個女人。她走到今天這種局面，是她與傑克生活二十年來慢慢磨合的結果。費歐娜和傑克就像是對位旋律，偶爾會有不和諧的情況發生，但出現之後又會無聲消失。而每當她感到驚慌或恐懼，兩人之間的不和諧便會再度浮現。費歐娜和傑克愉快共處的美好歲月早已悄然遠去，再也找不回來，但費歐娜卻忙到幾乎沒有發現。

故事長話短說，總之就是「沒時間」：費歐娜念法學院的時候，期末考之後還有各種大大小小的考試，然後要準備律師考試和參與實習。接著，費歐娜又幸運地進入知名律師事務所服務，年紀輕輕就打贏許多勝算渺茫的官司——在這種情況下，生兒育女的計畫延後到三十出頭確實十分合理。等到費歐娜三十多歲時，事務所又交給她更為複雜的案子，她的事業也愈來愈成功。雖然傑克有些不滿，但最後也同意延後一、兩年再生孩子。費歐娜三十五歲時，傑克去

---

11 蓋伊．巴克（Guy Barker）：英國爵士樂小喇叭演奏家與作曲家。

12 賦格曲（Fugue）：複音音樂一種固定的創作形式，主要特點是相互模仿的聲部在不同的音高與時間點相繼進入，按照對位法組織在一起。一般認為這個詞源自拉丁語，原意是「追逐」和「飛翔」。

了美國匹茲堡教書，她則每天工作十四個小時。她對於家事法規的研究益發深入，卻把自己的家庭大計擺在次要位置，也無視於來訪的侄孫輩。接下來的幾年，有風聲傳出，年紀輕輕的費歐娜有機會當選法官，因此她必須先到巡迴法庭服務，然而她最後未能順利當選，或許當時時機未到。等到費歐娜四十多歲時，她才突然開始焦慮高齡懷孕及老後等問題。每次有年幼的客人到他們家拜訪，例如那些吵鬧不休且需要大人萬般呵護的侄孫和姪孫女，就讓她一再體認自己的生活模式已經很難擠出空間給幼小的嬰兒。他們曾想過領養孩子，也試探性地詢問過領養相關程序，然而時間一年一年快速溜走，質疑自己的念頭也三不五時浮現。費歐娜經常在三更半夜思考尋找代理孕母的可行性，到了隔天清晨還是未能決定，然後就得匆匆忙忙趕去上班。最後，費歐娜終於被選任為法官。就在某一天早上的九點三十分，她正式於皇家法院就任。費歐娜穿著法官袍，站在兩百位頭戴假髮的同儕面前，心裡滿是驕傲，並發表了一場生動逗趣的演說。她很早以前就立志要走法律這條路，就像有些女性立誓成為修女那樣，堅定的意志始終不曾動搖。

費歐娜穿越新廣場，來到威迪書店。耳機裡的音樂已經結束，而她腦子裡只充斥著一個老念頭：責怪自己。一切只因她太過自私、太過任性、只顧重視事業，而且個性沉悶無趣。費歐娜忙著追求自己的目標，卻不願承認工作是她自我實現的重要元素，結果就錯過機會，未能生下兩、三個聰明善良的孩子。這形同謀殺，只不過沒有屍體，也沒有凶器。如果她真的生了孩子，恐怕也很難想像不生小孩的人生吧？這就是她應得的懲罰，她現在必須獨自面對這場災難，沒有成年的子女可以讓她依靠，給予她關心或是打電話問候她，或者放下手邊的工作，陪著她在廚房餐桌前進行緊急家庭會議，幫忙開導他們愚蠢的父親，把傑克帶回家。不過，就算如此，費歐娜還願意接受傑克嗎？或許孩子也必須開導費歐娜才行。費歐娜和傑克可能擁有的孩子：一個聲音低沉的女兒，現在可能是博物館館長，以及一個才華洋溢而豪邁不羈的兒子，因為才藝太多，最後反而沒有念完大學，但是鋼琴彈得比費歐娜出色。這兩個孩子每年聖誕節和暑假總會回家陪伴費歐娜，表達他們溫柔體貼的孝心。

費歐娜沿著人行道往前走，行經威迪書店的玻璃櫥窗，但對於櫥窗裡展示的法律書籍完全不感興趣。她走過凱里街，來到法院大樓的後門。她穿越一道拱形走廊，又走過另一條拱形走廊，上了樓梯，經過數間法庭，接著又再下樓，穿越過中庭庭院，在樓梯前停留片刻，抖掉雨傘上的水珠。法院的空氣總是讓費歐娜聯想到學校，那種石頭冰冷潮濕的氣味和觸感，讓她萌生一種摻雜著恐懼與興奮的淡淡快感。她選擇爬樓梯而不搭電梯，腳步重重地踩在紅色地毯上，然後右轉走向她的辦公室。每一間辦公室的房門上都鑲有每位高等法院法官的大頭照，費歐娜有時會覺得這種畫面很像基督降臨節專用的月曆。每一間擺滿書籍的辦公室裡，法官每天埋首於他們審理的案件中，深陷在錯綜複雜的迷宮裡，如果遇上他們無法認同或是令人傷感的案件，也只能說服自己不要太過認真，或是改以戲謔輕鬆的心態來面對，讓自己好過一些。在費歐娜認識的法官之中，大多數人已經因此培養出奇特的幽默感，但幸好今天早上費歐娜沒有遇上任何熟人等著與她分享無聊的冷笑話，讓她鬆了一口氣。或許她今天是第一位抵達辦公室的人，因為昨晚的家庭風波讓她徹夜難眠。

她在辦公室門前停頓了一會兒。她的書記官，個性溫吞但辦事精確的奈吉．鮑林，正彎著腰整理辦公桌上的文件。他們稍後將進行週一早晨互相問候週末過得如何的慣例儀式，費歐娜決定以「過得很平靜」來答覆奈吉，回答時還會順便把昨夜完成的伯恩斯坦案判決書修正版交給他。

今天要處理的第一個案件，是小女孩要被父親帶到摩洛哥的案子，開庭時間是上午十點鐘。目前已經證實那名小女孩早已被她父親帶往拉巴特，儘管那位父親之前曾向法院保證不會這麼做，他們卻已經離開英國法律的管轄區。目前小女孩的行踪不明，她的父親也失去聯繫，連律師也不知道如何才能找到他。崩潰的母親正在接受精神科醫師的治療，但是仍會出庭。今天開庭的目的，是希望透過海牙公約與摩洛哥進行交涉。摩洛哥是少數簽署海牙公約的伊斯蘭國家。這些資料是懷著歉意的鮑林在匆忙中向費歐娜報告的，他緊張地用手撥弄頭髮，彷彿自己是那名誘拐犯的兄長。那位臉色蒼白、體重過輕、在牛津大學任教的可憐母親，坐在法庭中不停地顫抖。她的學術研究專長是不丹的民俗傳說。她對自己唯一的女兒疼愛有加，孩子的父親也很疼愛女兒，卻使用不太光明正大的方式，將女兒從萬惡的西方國家偷偷帶往摩洛哥。案件的相關資料全都放在費歐娜的辦公桌上，等待她一一閱讀。

今天其餘的工作，費歐娜都已經清楚記在腦子裡了。她在辦公桌前坐下，先問了鮑林昨晚那件「耶和華見證人」的案子。當事人家長打算緊急申請法律援助服務，證明書下午就會開立。鮑林告訴她，那名少年罹患的是一種罕見的白血病。

「把他的名字告訴我。」費歐娜說。她豪爽的語氣連自己都感到驚訝。

每當費歐娜對鮑林施加工作壓力時，鮑林的表現反而會更加不疾不徐，甚至還不忘展現幽默。他此刻便立刻提供超過費歐娜所需的各項資訊。

「沒問題，法官大人。那個男孩的名字是亞當。亞當．亨利，他是家裡唯一的孩子。他父母的名字是凱文和娜歐咪。亨利先生自己開了一家小公司，專營路面下施工與排水系統之類的工程，他本身也專精於操控挖土機之類的大型機械。」

費歐娜先在辦公桌忙了二十分鐘，然後又走回樓梯間，沿著走廊來到設有咖啡機的茶水間。咖啡機上面貼著一張圖片，圖片裡是一個大大的玻璃杯，杯子裡裝滿看起來非常逼真的烤咖啡豆，滿滿的咖啡豆甚至溢出玻璃杯外。杯子裡閃耀著棕色與奶油色的光芒，在黑暗中發光的圖像彷彿是被燈照亮的海報。費歐娜想喝一杯雙份卡布奇諾，也許三份，但她最好在這裡就把咖啡喝掉，才能不受任何干擾，獨自心懷憎怨地想像傑克正從一張陌生的床上清醒，準備去上班，而躺在他身旁的那個女人因為天快亮時才入睡，因此還處於半睡半醒的狀態。她在溫暖的被單裡動動身體，口中呢喃著傑克的名字，要他回到床上。憤怒的情緒讓費歐娜衝動地拿出手機，從通訊錄找出位於格雷律師學院路上那家鎖匙店的電話，給了對方一組四位數的密碼，請對方換掉她家大門的門鎖。「沒有問題，夫人，馬上就替您辦妥。」費歐娜家目前的門鎖也是這位鎖匠經手的，因此她毋須多說其餘的相關資訊。「今天請把新鑰匙送到河濱大道來。」她一手拿著裝了熱咖啡的塑膠杯，另一隻手馬上又打了電話給住家大樓的管理員，以免自己改變心意。那位大樓管理員雖然總是板著一張臭臉，但是心地很好。費歐娜告訴他今天鎖匠會過去更換門鎖。她覺得自己這麼做很壞心，但是使壞的感覺很棒。傑克離開她，就必須付出代價，而進不了家門就是代價。他將會懇求她，希望能夠重回以前的生活。費歐娜絕對不容許傑克享齊人之福，同時擁有兩個家。

費歐娜手拿杯子，沿著走廊往辦公室的方向走，心裡卻已經開始為自己的荒唐行為而不安，畢竟傑克依法有權可以回家。這種行為在失和的夫妻之間相當常見，早已是常見戲碼，但離婚律師通常會建議客戶，如果沒有取得法院同意，不得逕自阻礙另一方進家門——會做這種事的多半是妻子。費歐娜身為裁決爭端的司法專業人士，平常總是高高在上，並且必須對那些惡言相向且行為荒誕的離異夫婦提供建言，沒想到如今自己也跟著沉淪，和其他失婚男女一起泅泳於荒涼的暗潮。

費歐娜走到樓梯間時，心中不安的想法突然被打斷了。她看見薛伍德．蘭西法官站在他的辦公室門前，等待費歐娜走近。他露齒而笑，還一面搓動雙手，就像舞台劇中惡棍的模樣。他在法院中是包打聽，而且通常精確無誤，他也樂於傳遞迅息。薛伍德是費歐娜少數不想見到的同事，甚至也許是唯一一個她能躲就躲的人。並不是因為薛伍德不討人喜歡，相反地，他是一位充滿魅力的男性，而且還把自己空閒的時間全奉獻給一個他多年前在衣索比亞成立的慈善機構。費歐娜不想遇到薛伍德是因為覺得尷尬。薛伍德四年前的一個判決，至今費歐娜只要一想到，還是覺得糟糕無比，但一直以來只能痛苦地保持沉默。在法院這個小世界、小聚落，大家都習慣原諒彼此的過錯，畢竟每個人所裁定的判決，總是三不五時遭到上訴法院粗魯地駁回，也經常因為法律觀點的不同遭受外界責罵。但是薛伍德的那個判決，是近代司法史上最大的錯誤！薛伍德不智地被自負又無知的專家證人矇騙，還跟著他們散播懷疑和恐懼，將一名痛失愛子的母親誤當成謀殺孩子的凶手，讓那位母親遭到監獄室友毆打欺凌，還被坊間八卦小報指為妖魔，並導致她上訴遭拒。等到那位母親最後終於獲判無罪時，她已經因崩潰而酗酒過度身亡。

這一連串的悲劇，全是薛伍德奇怪的邏輯造成的，費歐娜迄今只要一想起那個案子，仍會在夜裡驚醒。根據統計，嬰兒因猝死症而死亡的機率大約為九千分之一，因此檢方的專家證人表示：連續兩名孩子死於嬰兒猝死症的機率為九千分之一的平方，也就是八千一百萬分之一，也就是幾乎不可能發生，所以他們推定是母親對孩子下了毒手。法院外的社會大眾，對於這種說法大感吃驚，因為如果猝死症有遺傳的可能性，檢方的說法就不正確，畢竟那兩名不幸死亡的孩子來自相同的父母親，具備相同的遺傳基因。另外，如果是環境因素導致他們死亡，那兩名孩子也是在相同的環境中生長。假設上述兩種原因都與他們猝逝有關，由於這兩種因素可同時套用於兩名死者身上，因此不能以一般猝死症發生的機率來計算。而且，檢方是不是也該估算一下：在一個生活美滿又穩定的中產家庭裡，母親連續殺害兩名幼子的機率到底有多低？無奈的是，那些義憤填膺的機率學家、統計學家、流行病學家和關心該案的大眾，根本無法左右薛伍德的想法。

只要一想起瑪莎．朗文這個案子，以及薛伍德．蘭西要求陪審團確認法律規範的指示，費歐娜就對法治訴訟程序感到心灰意冷。因為無論費歐娜多麼尊崇法治訴訟程序的價值，這種程序一旦遭到誤用，結果就不只是愚蠢可笑而已，還會成為一條有毒的蛇。傑克當時表達了他對這個案子的關心，但也無濟於事。後來每當傑克和費歐娜意見相左時，傑克不僅會大聲痛罵費歐娜的工作，還會拿這個案子來怪罪她，彷彿這案子的判決書是她寫的。

瑪莎．朗文第一次上訴遭到駁回時，誰都不想替愚蠢的司法制度說話。這個案子根本從一開始就是騙局，大家到最後才知道，檢方的病理學家隱瞞了一項辯方提供的重要證據——瑪莎第二個孩子受到細菌嚴重感染。由於警方和皇家檢察署急著想將瑪莎定罪，已經到了不擇手段的地步。醫學專家謊稱證據沒有代表性，而那群不懷好心的專業人士，就這樣聯手誣陷那位善良且廣受好評的女建築師，將她逼入官非、絕望與死亡之境。雖然多位醫學專家證人指出，兩名嬰兒的死因有相當多種可能，但是法庭卻寧可相信疑點重重且充滿不確定性的說法，將那位母親定罪。儘管大家都認為蘭西是一個相當不錯的同事，而且根據紀錄顯示，他是一位工作勤奮的好法官，但是當費歐娜聽說檢方的病理學家和醫生又回到各自的工作崗位服務時，她終於忍不住而發飆。那個案子讓她覺得噁心至極。

薛伍德舉起手，對著費歐娜打招呼。費歐娜別無選擇，只好在他面前停下腳步，裝出和藹可親的笑臉。

「親愛的費歐娜。」

「早安，薛伍德。」

「史蒂芬・塞德利[13]的新書，我已經讀了一小部分，內容相當精采，你一定也會喜歡。我讀的章節是描述一個在麻薩諸塞州審判的案子。一名個性強悍的律師，在進行交叉詢問時追問證人席上的病理學家，在驗屍之前是否先確定過病人已經死亡。那位病理學家表示自己可以百分之百確定病人已死。律師問他：『是嗎？你為什麼可以如此確定？』病理學家回答：『因為那名病人的大腦已經被裝在罐子裡，而罐子就放在我的辦公桌上。』律師又問：『但是，病人有沒有可能在這種情況下還依然活著？』這時病理學家說：『好吧，他可能還活著，而且正在某個地方當律師。』」

蘭西說完之後馬上哈哈大笑，而且眼睛一直盯著費歐娜，注意她是否也開懷大笑。費歐娜只好盡量配合發出笑聲。法律人最喜歡的笑話，就是嘲弄法律界的笑話。

最後，費歐娜好不容易才帶著已經變涼的咖啡回到自己的辦公桌，心裡惦念著那個被帶離英國法律管轄區的女孩。她假裝不去注意坐在辦公室另一頭的鮑林，儘管鮑林刻意清了清喉嚨，表示自己有話想說。不過，他最後還是打消了念頭，不再發出聲音。有時候費歐娜一旦強迫自己專心思考案情內容，她的私人問題彷彿就會消失不見。她開始快速閱讀著各項相關的文件和資料。

十點鐘開始的聽證會，由傷心的母親所委任的律師率先發言。他表示希望能透過海牙公約的力量，把那個孩子找回來。摩洛哥丈夫的律師接著起身，開始說服費歐娜：他客戶當初所承諾的內容，其實存在著一些模糊地帶。費歐娜聞言，馬上打斷了他的發言。

「我還以為你會因為你客戶的惡行而感到羞愧，索姆斯先生。」

這個案子充滿技術性，深具挑戰。那位母親纖瘦的身軀被律師半遮著，隨著案情的爭論愈

---

13 史蒂芬・塞德利（Stephen Sedley）：英國上訴法院的資深法官，現已退休。

來愈艱深難懂，她的身影也愈來愈萎縮，費歐娜不禁揣測，稍後休庭時，那位母親可能就已經萎縮得不見蹤影。這個不幸的案子，最後還是得轉交摩洛哥的法官進行審理。

接著，費歐娜要聽證的是一個緊急案件：一名妻子要求贍養費，而法院遲遲未能裁決。費歐娜聽完證詞、提出問題，最後同意這位妻子提出訴訟。中午用餐時間，費歐娜希望自己一個人獨處。鮑林替她買了三明治和巧克力棒，好讓她直接在辦公桌用餐。她原本刻意將手機壓在文件下方，但終究還是拗不過好奇心，又把手機拿出來查看簡訊或未接來電，結果什麼都沒有。費歐娜對自己說，她一點也不覺得失望，不過也沒有因此鬆一口氣。她花了十分鐘，一面喝茶，一面閱讀報紙。重點新聞主要是敘利亞的消息，除了文字報導之外，還有可怕的新聞照片：敘利亞政府砲擊老百姓、逃避戰火的難民、毫無作用的各國外交譴責、左腿截肢的八歲男孩躺臥於床、虛弱無力且臉色蒼白的敘利亞總理阿薩德與俄羅斯官員握手，還有關於神經毒氣的傳聞。

世界上還有更悲慘的苦難不斷發生，費歐娜在午餐過後也必須面對更多發生在倫敦的不幸事件。她很不喜歡那個「夫妻仍在婚姻關係中，妻子卻單方面要求將丈夫趕出家門」的案件。那位表情嚴肅的律師廢話太多，而且他因為緊張而不停眨眼的動作讓費歐娜更添怒氣。

「你為什麼不先通知對方？我讀過你提供的相關文件，我不認為你的做法是必要之舉。你們是否已先嘗試與對方溝通？根據我看到的資料，你們並未與對方溝通。如果你客戶的丈夫同意給予承諾，我想你不需要提出訴訟；如果對方不願給你客戶承諾，請你通知對方，到時候我要同時聽聽雙方的說法。」

聽證會結束後，費歐娜大步走出法庭。接著她又回來，聆聽一名男子訴說自己遭到前妻男友的暴力威嚇，希望法院下達禁制令。男子提出前妻男友的多項犯罪前科，不過，那些前科都是欺詐罪名，與傷害他人身體無關，費歐娜因此拒絕了男子的申請，但是會要求他前妻男友承諾不得再度恐嚇。費歐娜回到辦公室，喝了一杯茶，然後再回法庭聆聽一名離婚婦女提出的緊急申請。女子的三個孩子申請護照遭法院拒絕。費歐娜原本打算同意她提起訴訟，但聽完證詞後，因為擔憂後續可能會引發更錯綜複雜的結果，就拒絕了女子的申請。

費歐娜在下午五點四十五分回到自己的辦公室。她坐在辦公桌前，茫然地望著她的書櫃。等到鮑林走進辦公室時，她才回過神來，覺得自己剛才八成睡著了。鮑林告訴她，媒體對「耶和華見證人」那個案子相當感興趣，明天大部分的早報都會刊登相關報導，有些新聞網站甚至已經發布那個男孩與家人的照片，照片來源可能是男孩的父母親，或是某個缺錢的親戚。鮑林把這個案子的相關文件交到費歐娜手中。還有一個棕色的信封，信封在費歐娜打開時發出神祕的聲響。她心想，莫非是某個心生不滿的原告寄來的炸彈郵件？這種事情之前曾經發生過，一名憤怒的丈夫笨拙地裝設了炸彈，結果費歐娜打開信封，又交給書記官鮑林，信封都沒有引爆。然而，這次的信封裡，是她家大門的新鑰匙，即將為她開啟嶄新的人生，她另一種形式的生存模式。

半小時後，費歐娜往自己嶄新的人生邁進，但是她選了一條迂迴的路線，因為她不想回到只剩她自己一人的家。她從法院正門離開，往西走上河濱大道，朝著奧德烏奇街的方向前進，接著又沿國王大道往北方走去。天空灰濛濛的一片，幾乎看不見雨絲，星期一下班時間的交通顛峰人潮似乎比平常少了一點。從她眼前望去，天空中有另外一片微微點亮夏季夜晚的長形低雲，不過，其實陰沉黑暗的夜晚才更貼近費歐娜此時的心境。她經過一家鎖店，突然不禁心跳加速，心裡想像著被鎖在家門外的傑克正在大聲怒吼，然後他們兩人會在廣場上滴著雨水的樹下注視著彼此，左鄰右舍都聽見了剛才的怒吼聲。這附近的鄰居都是費歐娜的同事，他們將會一同指責費歐娜，認為她不該換鎖。

費歐娜又轉往東走，經過位於林肯律師學院外圍的倫敦證券交易所，然後穿越高霍爾本區。因為她不想太早回到家，於是再次往西邊走去，走到維多利亞時代中期設立手工工坊的狹小街道。這條街上如今林立著理容院、拘留所以及三明治小吃店。費歐娜走過紅獅廣場，行經公園露天咖啡廳濕漉漉的鋁製桌椅，以及門外排著一小群人等著進場的康威表演廳。那群人的穿著打扮看起來相當體面，灰白的髮絲與纖瘦的身形，也許全是貴格會的教徒，準備為了他們支持的理念進行夜間抗議。費歐娜今晚也有自己的事情要煩惱。由於她身為法律界的一份子，加上多年累積的司法經驗，因此人們遇上事情時總喜歡來找她幫忙，就算她心裡充滿抗拒，甚至當面表態拒絕，也難逃接下請託的宿命。費歐娜家中位於玄關的桃花木桌上，擺著六、七張印刷精美的邀請函。這些邀請函來自倫敦四家法學院、各所大學、慈善機構、各類貴族社團，以及地位顯赫的朋友。他們邀請傑克．梅伊與費歐娜．梅伊夫婦參加他們的聚會。梅伊夫婦多年來已經成為一個迷你團體，他們會穿著最華美的衣裳，到外面參加各種活動、給予外界需要的支持與鼓勵。他們享用美食、品嘗美酒、與朋友寒暄，然後在午夜之前回家休息。

費歐娜慢慢走在西奧博德路上，設法拖延回家的時間。她心裡再度思索著：自己失去的並非傑克對她的愛情，而是一種現代形態的尊重。她也覺得自己並非害怕傑克蔑視或排斥她，而是擔心傑克如同福婁拜和托爾斯泰小說情節那樣可憐她。被人當成同情的對象，就等於社會地位以某種形式死去，十九世紀的觀念其實比大多數女性所想像的更貼近現代人。如果別人發現她還在以老套的方式扮演棄婦的角色，只會突顯她的品味欠佳，沒有人會認為她的丈夫道德有缺失。丈夫因為慾求不滿而臨老入花叢，勇敢的妻子必須維護自己的尊嚴，畢竟年輕的第三者遠在天邊，難以指責。費歐娜原本以為那年夏天的舞台劇結束之後她就不需要再演戲了，因為她當時認為自己已經覓得終生的幸福。

事實證明，回家並不如費歐娜想像的那麼困難，畢竟她有時也會比傑克早回到家。當費歐娜走進陰暗靜謐的玄關、聞到薰衣草芳香的打蠟劑時，她驚訝地發現自己其實相當平靜，甚至可以假裝什麼事都沒發生，或者一切都將好轉。費歐娜打開電燈之前，先把包包放在玄關，靜靜聽著屋內的聲音。夏季的低溫讓中央空調自動開啟暖器，此刻散熱器還斷斷續續發出聲響，正準備冷卻下來。她還聽到樓下傳來微弱的管弦樂聲，是馬勒的〈從容的慢板〉。屋子裡還有一個較清楚的聲音，來自一隻不停鳴唱的鶇鳥，牠乾淨的歌聲從煙囪排氣管傳進屋內。這隻鶇鳥賣弄技巧似地不斷重複著相同的曲調。雖然時間還不到晚上七點半，費歐娜卻走進每一個房間，把電燈全部打開。她走回玄關，拿起包包，這才發現負責換鎖的鎖匠沒有留下一絲痕跡，連一點木屑都看不到。不過，鎖匠本來就不會留下木屑，因為他只是來換鎖頭，再說，她為什麼要在乎鎖匠是否留下痕跡？鎖匠沒有留下任何痕跡，對費歐娜而言是一種提醒，提醒她傑克並不在家。她把靈魂稍微拉回現實世界，拿著文件走進廚房，一面等待開水沸騰，一面瀏覽隔天要處理的案件。

她可以隨便打電話給三個老朋友當中的任何一個，但是她無法承受聽見自己對朋友傾訴目前的狀況，彷彿只要一把話說出口，就再也無法改變事實。無論是接受朋友的關心勸告或聽她們咒罵傑克該死，現在都還不是時候，因此費歐娜什麼都沒做，只打算腦袋放空、麻木地熬過一個夜晚。她吃了麵包、乳酪和橄欖，還喝了一杯白葡萄酒，然後就坐在鋼琴旁，等待這個永無止盡的夜晚結束。她一開始還打算與寂寞對抗，將巴哈組曲從頭到尾彈奏了一遍。費歐娜有時會與一位名叫馬克．伯納的律師一起表演。她今天下午看過資料，明天那個耶和華見證人的案子，代表醫院的律師就是伯納。下次他們兩人同台表演的音樂會，將在聖誕節前夕舉行，距離現在還有好幾個月，演出地點則是格雷律師學院的大會堂。雖然他們還沒有決定表演的曲目，但是對於安可曲的選擇，兩人已有默契，而費歐娜此刻正彈奏著那些曲子，同時想像伯納以男高音演唱出舒伯特悲涼的〈街頭老樂手〉。這首曲子描述一名貧窮、不幸且受世人忽視的手搖風琴家。專心彈琴幫助費歐娜不再胡思亂想，因此她也沒注意時間的流逝。她從琴凳起身時，膝蓋和臀部都已經麻痺僵硬了。費歐娜到浴室櫥櫃裡拿出安眠藥，咬了半顆，吞下，然後又看著手中剩餘的半顆，決定也一起吞掉。

二十分鐘之後，費歐娜躺在床上屬於她的那半邊，閉著眼睛收聽廣播新聞、海上天氣預報、國歌，然後是世界局勢分析。她靜靜等待入睡，又聽了一輪新聞，也許已是第三輪。語調平緩的播報員報導著今天發生的殘忍暴行——巴基斯坦和伊拉克都發生公共場所的自殺炸彈客攻擊、敘利亞的公寓遭受砲擊、伊斯蘭教徒以扭曲變形的汽車和碎石瓦礫進行內戰、斷肢殘幹散落在市集各處、百姓因為驚嚇與悲痛而慟哭。播報員的話鋒一轉，接著討論美國的無人戰機上星期在瓦茲里斯坦血洗一場婚禮。雖然播報員理性的聲音讓夜晚更為平和，費歐娜卻蜷著身子，久久無法入睡。

上午的時間過得很快，如同其他無數個日子。費歐娜必須迅速了解她手上的訴訟申請與仲裁協議，然後聆聽辯證、交付判決書、執行庭諭。她在辦公室和法庭之間來回走動，在走廊上遇到同事，彼此迅速交流一些趣事；聽書記官疲倦地宣布開庭，對著發表開場白的律師微微點頭，偶爾分享幾個爛笑話，看控方與辯方律師虛偽地奉承她。至於雙方當事人，如果是提出離婚訴訟的夫婦，例如這個星期二上午的那對怨偶，則會分別坐在法庭兩側，隱身在他們委任的律師身後，連微笑的心情都沒有。

那麼，費歐娜的心情如何呢？她相信自己可以理智地控制它、定義它，她還發現自己已經有了明顯的轉變。現在費歐娜決定了：昨天，自己只是受到驚嚇，處於一種不真實的接受狀態；她也準備告訴自己，最壞的情況，就是忍受家人與朋友的憐憫，以及相當程度的社交困擾——她必須一一回絕那些印刷精美的邀約，希望還能順便掩飾自己的尷尬處境。今天早晨，費歐娜在左半邊空蕩無人的床上醒來，感覺就像遭到某種形式的截肢，她頭一次感受到被人遺棄的傷痛。她想念傑克的好，希望能把他找回身邊。她思念傑克多毛、骨感又結實的小腿。以前每當鬧鐘響起，費歐娜總會在半夢半醒中將柔軟的腳底滑至傑克的小腿，並窩進他展開的臂彎，把臉埋進他的胸口，在溫暖的羽絨被底下繼續酣睡，直到鬧鐘再次響起。在她起床並披上成人的盔甲之前，她可以像個赤裸裸的孩子一般，盡情對傑克撒嬌。但是今天早晨，費歐娜感受到的第一件大事，就是她這種嬌嗔的權利已經遭剝奪了。當她站在浴室裡並脫去身上的睡衣，她覺得自己在全身鏡中看起來非常可笑。那是一個很奇妙的畫面，她身體的某些部位萎縮了，某些部位卻腫脹了，而且下半身看起來相當沉重，像一個可笑的包袱。費歐娜突然感到十分脆弱，因為光就身材這一點，男人選擇離開她根本不令人意外。

費歐娜緊接著盥洗、著裝、喝咖啡、留紙條給清潔婦，並控制自己各種最原始的情緒。她展開早上的行程，查看電子郵件、簡訊和部落格中有沒有傑克的消息，結果什麼都沒有。她收拾文件資料，帶著雨傘、手機和新鑰匙，準備走路上班去。傑克的沉默似乎太過無情，讓費歐娜相當驚訝。雖然她只知道那個統計學家梅蘭妮住在瑪斯威爾丘，但是要查出確切的地址並不是難事，更何況她可以直接到學校去找傑克。然而，假如在傑克任教的部門找到他，卻看見他和情人手挽著手迎面走來，無異是自取其辱。也許她可以找傑克單獨碰面，但找到他之後，除了毫無意義而且卑微可恥地請求他回到她身邊，她還能說些什麼？費歐娜可以要求傑克證實自己已不要這段婚姻，這麼一來，他會給她一個她心裡有數但不願聽見的答案。既然如此，費歐娜還是選擇等待，等待他回來拿某本書、某件襯衫，或是他的網球拍，回來這間他已經進不了門的公寓。這麼一來，就會變成他必須找她的局面。等到他們見面交談時，她就可以站穩立場，無傷尊嚴。起碼表面上看起來是如此。

面對星期二的案件時，費歐娜的精神不是很好，但所幸不太明顯。上午最後一個案子因為雙方對商事法的爭議點太過複雜，拖延了不少時間。一名離婚的丈夫宣稱，法院要他付給妻子的三百萬英鎊贍養費，其實並非歸他所有，而是他公司的資產。花了好大的工夫，費歐娜才發現這名丈夫是公司唯一的董事，也是唯一的員工，而且那家公司只是空殼企業，一間為了避稅而設立的假公司，所以她做了有利妻子的判決。至於下午的案子，因為耶和華見證人那個案件相當緊急，所以費歐娜已經把原本的工作都先排開。她再次坐在辦公桌前，一面吃著三明治和蘋果，一面閱讀提交的仲裁申請書。此時，她的同事都在林肯律師學院享用豐盛的午餐。四十分鐘後，費歐娜帶著明確的想法，信步往八號法庭走去。費歐娜將在八號法庭審理這件攸關生死的案件。

她走進法庭，法庭裡的每個人立刻起身致意。她坐上法官席，看著站在下方的當事人。她手肘邊擺放著一小疊白色的文件，她的筆則放在文件旁。直到這一刻，費歐娜望著這些空白的紙張，煩擾於心的私人問題才突然完全消失。她終於可以暫時甩開私人生活，全心專注在這個案件上。

費歐娜面前站著三方當事人。代表醫院的是她的朋友馬克・伯納與兩名協辦律師。代表亞當・亨利和他的監護人「兒童與家庭訴訟諮商服務」負責人員的，是一位名叫約翰・托維的年長律師和一名助理律師；費歐娜並不認識約翰・托維。代表病患家長的，是身為王室法律顧問的萊斯利・格里夫以及兩名助理律師，他們身邊坐著亨利先生與亨利太太。亨利先生是一個瘦小結實、皮膚黝黑的男人，身穿精心剪裁的西裝，而且還打了領帶，看起來像是一名成功的法律界人士。亨利太太的體型魁梧，臉上戴著尺寸過大的紅框眼鏡，讓她的眼睛相形之下顯得更小。她挺直身體坐著，雙臂緊緊交疊於胸前。夫妻兩人都沒有顯露出緊張害怕的神情。費歐娜突然想到：待會兒外面的走廊上，應該就會擠滿了記者，心焦地等著她宣布裁決。

費歐娜開始說話。「各位應該都很清楚，我們今天在這裡，是為了一件面臨緊要關頭的大事。因為時間急迫，請大家牢記，發言時務必簡單扼要、掌握重點。伯納先生，請你開始。」

費歐娜對伯納點點頭，他隨即站起身來。伯納的頭頂光溜溜的，體型碩大肥胖，但卻有一雙小巧的腳，有人說他穿五號的鞋子，還因此在背後嘲笑他。伯納的歌聲是飽滿悅耳的男高音，去年格雷律師學院為一位熱愛歌德的大法官舉辦了一場退休晚餐會，伯納和費歐娜當時一起表演了舒伯特的〈魔王〉，堪稱是他們兩人合作多年以來表現最精采的一次。

「我會依您的指示長話短說，法官大人，因為目前的情況十分危急。本案原告是旺茲沃思區的伊迪絲．卡維爾醫院，原告希望得到法院許可，讓醫生醫治一名被報紙稱為A的少年，這名少年不到三個月之後就年滿十八歲。今年五月十四日，學校的板球隊舉行比賽，少年A正準備穿上護胸，突然胃部劇烈疼痛，而且接下來的兩天，他痛得更厲害，到了難以忍受的地步。儘管他的家庭醫生擁有豐富的專業知識與經驗，卻找不出病因，便將他轉介到……」

「這些資料我都已經讀過了，伯納先生。」

於是伯納律師繼續說：「法官大人，亞當正飽受白血病的折磨，我相信各方當事人都同意這點。伊迪絲．卡維爾醫院希望能對亞當進行一般的療程，讓他服用四種藥物。這種治療方式是全世界的血液科醫生都認可並實行的，我可以證明……」

「你不需要證明，伯納先生。」

「謝謝您，法官大人。」

伯納接著又快速說明這種治療方式的一般療程，這次費歐娜沒有打斷他。四種藥物當中的兩種，療效直接鎖定白血病的細胞，另外兩種藥物則在治療過程中帶有毒性，尤其對骨髓影響甚鉅，因此可能損害人體的免疫系統，以及製造紅血球、白血球、血小板的能力。因為這個緣故，醫生在治療期間會對病人進行輸血。然而，在本案中，醫院卻無法這麼做，因為亞當和他的父母都是耶和華見證人的信徒，輸血違反他們的宗教信仰。但除此以外，亞當和他的父母都同意接受醫院提供的任何療程。

「醫院目前提供了哪些療程？」

「法官大人，出於對病人家屬的尊重，目前醫生只施打了前兩種藥物，也就是特別針對白血病細胞的藥物。但是光靠這兩種藥物還不足以控制住亞當的病情。現在，我想請血液科的醫學專家為大家說明詳情。」

「好的。」

羅德尼・卡特醫生站上證人席並且宣誓。卡特醫生的身材高大，但是有點駝背。他的表情十分嚴肅，在兩道濃厚的白眉毛下，銳利的雙眼讓他看起來有點高傲自大。他穿著淺灰色的三件式西裝，一條藍色絲巾從胸前口袋上緣露了出來。他臉上的表情似乎認為這些司法程序沒有任何意義，根本應該直接抓著那個男孩的後頸，把他拖去輸血。

伯納問了卡特醫生一連串的基本問題，以檢視卡特醫生的誠信度、執業經驗及年資。於是費歐娜小聲地清清嗓子，伯納馬上心領神會，改問重要的問題。他請卡特醫生概述病人目前的狀況，以利法官掌握。

「亞當的狀況非常不好。」

伯納請他詳細說明。

卡特醫生吸了一口氣，看看伯納、看看亞當的父母，然後又看往別處。他表示亞當十分虛弱，而且一如預期，已經出現了呼吸困難的症狀。假如他可以放手醫治亞當，他相信亞當還有百分之八十到九十的機會減緩病症，然而依照目前的情況來看，病人獲得醫治的機會並不樂觀。

伯納又請醫生提供與病人血液相關的具體數據。

卡特醫生表示，當亞當被送進醫院時，血紅蛋白數為每分升八點三克，但正常數值應為每分升十二點五克左右。亞當的血紅蛋白數目前仍持續下降中，三天前為六點四克，今天早上只剩四點五克。如果繼續下降到每分升三點零克，病人的情況就非常危險了。

馬克·伯納原本還打算再問一個問題，但是卡特醫生又搶著繼續發言。

「白血球數一般介於五到九之間，但病人現在的白血球數為一點七。至於他的血小板……」

費歐娜打斷卡特醫生，問：「能不能請你告訴我們，這些細胞的功能是什麼?」

「這些細胞是血液凝固不可或缺的要素，法官大人。」

卡特醫生在法庭上表示，血小板的標準值是二五〇，但是亞當的血小板數是三十四，如果數值下降到二十以下，人體會有「自發性出血」的情況產生。說到這裡，卡特醫生把頭偏向一側，宛如以下的話是特別說給亞當的父母聽，而非回答律師的問題。他表情嚴肅地說：「根據我們對亞當的最新檢查結果，我們發現他身體裡已經沒有新的血液產生。一名健康的青少年，每天應該要產生五千億個血球細胞。」

「卡特醫生，如果你可以替病人輸血，會有什麼幫助？」

「這個男孩就有機會活下去。但是，挽救他性命的機率已經不如我們一開始就替他輸血來得高。」

伯納停頓了片刻。當他再次開口時，他刻意壓低聲音，彷彿擔心亞當．亨利會偷偷聽見他所說的話。「你是否曾經告知你的病人，如果他不接受輸血，會有什麼樣的後果？」

「我沒有說得太詳細，但他知道自己可能會因此死亡。」

「他還不知道自己會如何死去。但能不能請你簡單告訴大家，他會如何死去？」

「如果你想知道的話。」

伯納和卡特顯然串通好了，故意說些可怕的內容來打動病人的家長。這種手法是合理的，因此費歐娜沒有多加干涉。

卡特醫生慢慢地說：「那種結果會讓人相當痛苦，不只是病人本身，負責救治他的醫療團隊也相當不忍心。有些醫護人員甚至因此感到十分憤怒。他們一天到晚『掛血』救人——美國人都這樣說，所以他們完全無法理解，為什麼這次非但不能輸血救人，甚至只能默默承受失去這名病人的風險。亞當的健康狀況會持續衰退，其中一項就是喪失呼吸的能力。亞當將會知道，失去呼吸能力是非常恐怖的，而他的自主呼吸能力是一定會完全喪失。那種感覺就像慢慢溺水，而且，在完全失去呼吸能力之前，還可能會先有內出血的情況發生，甚至可能會導致腎功能衰竭。有些病患會因此失明或中風，或是引發各種神經方面的併發症。每個人的體質不同，因此會發生什麼病症也不一定相同。唯一可以肯定的，是亞當最後一定逃不過可怕的死亡。」

「謝謝你，卡特醫生。」

代表亞當父母親的律師萊斯利．格里夫站了起來，由他繼續進行交叉詢問。費歐娜聽過格里夫的名氣，但是一時之間無法確定是否曾在自己審理的法庭上見過格里夫。她確實在法院裡看過他——格里夫的穿著打扮有一點花花公子的風格，銀白色的中分髮型，高高的顴骨、細長的鼻梁，還有十分高傲的氣焰。他的肢體動作自由自在、不受拘束，和其他呆板僵硬的律師相較之下形成明顯的對比。格里夫的眼睛有點問題，讓人們對他自傲又隨興的風評更添不同的意見。他的眼睛斜視，因此注視某件事物時，目光卻會投向其他方向。這種殘缺反而提升了他的魅力。當他對證人進行交叉詢問時，斜視的眼光有時會讓證人不知所措，而且此刻可能已經讓卡特醫生感到有點不悅。

格里夫說：「醫生，決定是否接受醫療行為是成年人的基本人權之一，不知道你同不同意這樣的說法？」

「我同意。」

「未經病患同意就逕自進行醫療救治的行為，就是非法侵犯病患的身體，或者說，是傷害病患的身體。你同不同意這樣的說法？」

「我也同意。」

「根據法律的規定，亞當的年齡已經接近成年了。」

卡特醫生回答：「就算明天一早就是他的十八歲生日，今天他仍然是個未成年人。」

這個答案充滿怒意，但是格里夫不為所動。「亞當的年紀已經非常接近成年，而且你剛才也已經說過，亞當已經理智且清楚地表示他不願意接受輸血。」

原本駝背的醫生，這時候突然挺直了身子，身高又多了一吋。「他的意見其實是他父母親的意見，根本不是出自他的本意。他之所以拒絕接受輸血，是基於某個宗教迷信的教條。他可能會因而成為一個白白犧牲的殉道者。」

「『迷信』是個強烈的字眼，卡特醫生。」格里夫平靜地說：「你本身有沒有宗教信仰？」

「我是英國國教徒。」

「英國國教是一種迷信嗎？」

原本低著頭寫著筆記的費歐娜抬起頭來。格里夫噘起嘴巴，向她打個招呼，然後又做了一個深呼吸，停頓片刻。卡特醫生看著他，露出準備打算離開證人席的表情，但是格里夫還沒打算讓他走。

「卡特醫生，根據世界衛生組織的估計，大約百分之十五到百分之二十的愛滋病案例是經由輸血造成的，你知道這一點嗎？」

「在我服務的醫院裡，從來沒有發生過這種事。」

「在許多國家，有很大比例的血友病患者也不幸感染了愛滋病。我說的是否正確？」

「那是很久以前的事了，現在不會有這種情況發生。」

「輸血也可能會感染其他的疾病，對不對？肝炎、萊姆關節炎、瘧疾、梅毒，美洲錐蟲病、移植物抗宿主病、輸血導致的肺病，當然，還有變異型庫賈氏症。」

「你說的這些疾病都非常罕見。」

「但都因為輸血而發生過。另外還有因為血型不合而導致的溶血性貧血。」

「這也非常罕見。」

「真的嗎？讓我來告訴你，卡特醫生，備受醫界尊崇的《血液保存手冊》指出：『從採取血液樣本，一直到病患接受輸血，中間至少要經歷二十七個步驟，而且每一個步驟都可能發生錯誤。』」

「我們醫院的醫護人員都受過專業訓練，每個人都非常謹慎小心，這麼多年來，我不記得我們醫院曾經發生過溶血性貧血的病例。」

「如果我們把發生這些危險的可能性都累計起來，卡特醫生，就算是不迷信的理性人士，肯定也會對輸血這檔事有所遲疑。」

「現在的醫學精進，所有的血液都必須先通過最高標準的檢核流程。」

「就算如此，在接受輸血之前猶豫不決，也不能說是缺乏理性的反應吧？」

卡特醫生思考了一會兒。「有些病人或許會猶豫不決，但是像亞當這樣斷然拒絕，就是缺乏理性的反應。」

「你也同意病人猶豫不決是正常的反應，當然，因為輸血導致感染，或輸血過程出錯，都有可能發生。因此在輸血之前先取得病人同意，乃是合情合理的程序。」

卡特醫生顯然努力壓抑自己的怒意。「請你不要再玩文字遊戲。如果我不替亞當輸血，他就無法康復，而且極可能因此失明。」

但是格里夫又問：「你們醫學專業領域是不是有所謂的緊急輸血？卡特醫生，在輸血之前不做任何檢查，對吧？有點像古時候的緊急放血，當然啦，輸血與放血是完全相反的情況。手術過程中，如果病人失去三分之一品脫的血液，醫護人員就可以依照習慣，立刻為病人進行緊急輸血，沒錯吧？反正捐血者捐出一品脫的血液之後還是可以馬上回去工作，對身體完全沒有傷害。」

「對於其他醫生的臨床醫療行為，我不予置評。但是就一般的觀點，如果病人在手術中身體變得虛弱，確實應該補充上帝賜給我們的血液。」

「假如病人是耶和華見證人的信徒，醫院現在是不是有一種所謂的無血手術，也就是過程中不需輸血的手術。請容我引述《美國耳鼻喉科醫學期刊》的內容：『所謂的無血手術，如今已經非常完善，未來將會是大家普遍接受的醫療行為。』」

卡特醫生露出不以為然的表情。「我們現在討論的重點與手術無關。這個病人亟需血液，因為他接受的療程導致他無法自行造血，事情就是這麼簡單。」

「謝謝你，卡特醫生。」

格里夫坐下後，亞當．亨利的律師，一頭白髮的約翰．托維，拄著枴杖走到證人席前，先吃力地站穩身子，然後才開始進行交叉詢問。

「卡特醫生，你是否曾經單獨與亞當討論他的病情？」

「是的。」

「你覺得他是個聰明人嗎？」

「他非常聰明。」

「你覺得他的表達能力如何？」

「他的表達能力非常好。」

「他的判斷能力與認知能力，是否因為生病而變差？」

「目前還不受影響。」

「你是否已經告知他，他需要接受輸血？」

「是的。」

「他當時怎麼回答？」

「他基於宗教信仰而斷然拒絕輸血。」

「你知道他的正確年齡嗎？他現在幾歲又幾個月大？」

「他現在是十七歲又九個月。」

「謝謝你，卡特醫生。」

最後，伯納起身進行交叉詢問。

「卡特醫生，可不可以麻煩你再告訴我一次，你研究血液學有多久的時間了？」

「二十七年。」

「輸血會有什麼樣的風險？可能有哪些副作用？」

「風險非常低。就這個病例而言，相較於未能即時進行輸血，輸血可能造成的副作用幾乎為零。」

伯納表示自己沒有問題要問了。

費歐娜說：「根據你的判斷，卡特醫生，我們還有多少時間可以解決這個問題？」

「如果明天早上之前我還不能替這名少年輸血的話，他恐怕就會有生命危險。」

伯納坐回自己的位子。費歐娜向卡特醫生致謝，卡特醫生也對法官席點了個頭，但是他離開證人席時顯得不太高興，甚至懷著怒意。格里夫這時站起來表示，他現在要請亞當的父親上證人席。

亨利先生站上證人席之後，先問書記官可不可以改用新世界譯本的聖經發誓。書記官告訴他，法庭內只有欽定英譯本，亨利先生只好同意以這個版本的聖經起誓，然後耐心地看著格里夫。

凱文．亨利的身高不到一百七十公分，身體看起來輕盈而結實，像馬戲團裡的空中飛人。他可能是操作挖土機等大型機械的高手，但穿戴著剪裁合身的灰色西裝與淺綠色絲質領帶的他，看起來也挺體面。萊斯利．格里夫希望凱文．亨利告訴大家他早期過著什麼樣的苦日子，然後如何經歷轉變，讓自己的家庭充滿愛與歡樂，現在沒有人會懷疑亨利一家人過得非常幸福。亨利夫婦在很年輕的時候就結婚了，當時他們兩人都才只有十九歲。一轉眼，那已經是十七年前的事了。多年前，凱文還是一個藍領階級的勞工，日子過得並不好，而且他當時有一點

「狂放不羈」，喝酒喝得很凶，還經常辱罵他的妻子娜歐咪，不過他從來沒有動粗。後來，凱文因為上班經常遲到而遭到解雇。房租繳不出來，出生不久的兒子又整夜哭泣，夫婦兩人每天爭吵不休，連鄰居都忍不住抱怨，亨利一家人最後被趕出了那間位於史特里漢姆的單房小公寓。

這家人的救贖，來自兩個彬彬有禮的年輕男子。那兩個美國年輕人在某天下午來敲娜歐咪的門，隔天又回來拜訪凱文。凱文一開始對那兩個人懷有敵意，但後來他和娜歐咪去參觀了附近的王國聚會所，受到親切的歡迎。慢慢地，他們在王國聚會所裡認識了一些友善的人，不久之後成為朋友。耶和華見證人的長老給予亨利夫婦充滿智慧的建言，幫助他們重新振作。他們也學著研讀聖經，儘管一開始並不容易，但是他們的生活漸漸重回軌道，而且家裡一團和氣。凱文與娜歐咪開始活在真理之中，他們了解上帝已經為人類預備了未來，而人類必須藉著努力傳達上帝的話語來履行義務。他們發現人間其實有天堂，只要他們加入耶和華見證人、成為充滿恩典的「傳道人」，他們就能進入天堂。

亨利夫婦開始明瞭生命的可貴。他們決心成為更好的父母，而他們的兒子亞當也不再經常哭鬧。凱文接著又去參加一個由政府資助的培訓課程，學習如何操作重型機器。通過結訓測驗之後不久，凱文就找到了一份工作。亨利夫婦帶著亞當前往王國聚會所表達謝意，並且對彼此重燃愛苗。他們在大街上手牽手，這是之前從來不曾有的舉動。這一切已經是好幾年前的事了，但他們至今仍繼續信仰著宗教賦予的真理，並且與幫助他們的耶和華見證人信徒緊密互動，以真理教育亞當。五年前，凱文自己創立一間公司，名下擁有幾輛挖土機與卸貨卡車，還有一輛起重機，並且雇用九名職員。如今上帝卻讓凱文與娜歐咪的獨子罹患血癌，讓這對夫婦的信仰面臨前所未有的考驗。

在回答律師的每一個問題之前，亨利先生都先經過審慎的思考。他的態度畢恭畢敬，但不像大多數人在法庭上往往表現出驚慌失措的模樣。亨利先生坦率地說出自己早年的失敗，對於自己困窘的過往歲月，他絲毫不覺得難為情，而且在陳述時還不忘一再提及上帝的關愛。他把格里夫提出的問題直接對著費歐娜回答，而且回答時還緊盯著她的雙眼。費歐娜不由自主地留意凱文說話的口音，他的口音帶有淡淡的倫敦腔以及西部鄉村腔，至於他的語調則充滿自信，顯然把自身的能力視為理所當然，而且喜歡發號施令。有些英國爵士樂手說話時就是這副模樣。費歐娜認識的某位網球教練，以及她曾在法庭上見過的幾名卸任軍官、資深警察、醫護人員、油井工頭，都是這種姿態。那些男人雖然不是主導世界的領袖，但卻都是讓社會持續運轉的重要角色。

格里夫停頓了片刻，消化一下亨利先生花了五分鐘講述的過往，然後才輕聲問：「亨利先生，能不能請你告訴法庭，亞當為什麼拒絕接受輸血？」

亨利先生遲疑了一會兒，彷彿他是第一次被問及這樣的問題，所以必須花點時間思考答案。他原本面對著格里夫，但回答時又轉身看向費歐娜。「大家必須明白，血液是人體中最重要的東西。」他說：「血液就是人的靈魂，是人的生命。因此，正如生命是神聖的，血液也是神聖的。」他好像已經說完了答案，但突然間又補充了一句：「血液代表著生命賦予的禮物，活在世界上的每一個人，都應該對血液心存感激。」這麼陳述的時候，他不像是在分享自己珍視的信念，而是在說明一個事實，宛如工程師說明著橋梁的結構。

格里夫沒有接話。他用沉默來暗示自己剛才提出的問題還沒有得到答案。但是凱文・亨利沒有繼續多說，只是靜靜地注視前方。

於是格里夫又語帶提醒地說：「所以，如果血液是生命的禮物，為什麼你兒子拒絕接受醫生給他這份禮物？」

「把自己的血液與動物的血液或其他人的血液混在一起，是一種污損或玷污血液的行為，形同拒絕造物主賜給我們的這份奇妙禮物，這也就是上帝特別在《創世記》、《利未記》和

《使徒行傳》裡明文禁止輸血的原因。」

格里夫點點頭。亨利先生又簡單地補充一句：「聖經是上帝的話語，亞當知道這一點，因此他必須服膺聖經的內容。」

「亨利先生，你和你的妻子疼愛亞當嗎？」

「是的，我們很愛他。」他安靜地回答，並且以一種蔑視的眼神看著費歐娜。

「如果拒絕輸血會導致亞當死亡，你們能接受嗎？」

凱文．亨利再次望著前方的木板牆，說話的聲音聽起來相當緊繃。「他會在上帝的國度找到自己的位置，直到天國再臨。」

「那麼，你和你的妻子會有什麼感想？」

娜歐咪．亨利直挺挺地坐著，她的表情隱藏在厚重的眼鏡鏡片後方，令人無法捉摸。她面向格里夫律師，而非證人席上的丈夫。從費歐娜的座位，看不清楚亨利太太眼鏡後的雙眼是否睜開著。

凱文．亨利回答：「亞當的選擇既正確又符合真理，因為他遵從上帝的命令。」

格里夫再次停頓片刻，然後壓低聲音說：「你們肯定會傷心欲絕，亨利先生，我說得對嗎？」

律師刻意營造的口吻，讓身為父親的亨利先生難以招架，只能默默點頭。等到亨利先生恢復情緒之後，費歐娜看見他喉嚨處的肌肉還在上下抽搐著。

格里夫又問：「拒絕接受輸血是亞當自己的意思嗎？或者，根本是你們的意思？」

「就算我們企圖改變他的想法，我們也辦不到。」

一連好幾分鐘，格里夫不斷提出類似的質疑，想確定那個男孩是否受到父母過當的影響。亨利先生表示，耶和華見證人教會裡的兩位長老曾經幾次到醫院去探望亞當，而且他們探視亞當時，並沒有讓凱文．亨利陪在一旁。探視完畢後，那兩位長老在醫院走廊上對亨利先生表示，他們相當欽佩亞當堅定不移的信仰以及對聖經內容的知識，並因此深受感動。他們很高興亞當確知自己的心意，堅持遵奉信仰，準備為真理而死。

費歐娜覺得伯納聽完這些話之後一定會提出抗議，但是伯納也應該很清楚，費歐娜在這種危急的時刻不會浪費時間，駁回亨利先生這些無憑無據的證言。

萊斯利．格里夫最後的問題，是要亨利先生闡述他兒子的情緒成熟度。亨利先生驕傲地答覆，語氣中聽不出一絲他即將失去兒子的悲傷。

等到馬克．伯納開始進行交叉詢問時，時間已經是下午三點三十分。伯納先為亞當．亨利的病情向亨利夫婦表達同情之意，並祝福亞當能夠完全康復——這個開場白對費歐娜而言是相當明顯的暗示，代表伯納稍後將會火力全開，至少費歐娜是這麼認為的。但凱文・亨利只是微微點著頭。

「亨利先生，我們先來釐清一件簡單的事情。關於你曾提及的舊約聖經，在《創世記》、《利未記》和《使徒行傳》中，上帝不許人們食用血液，而在聖經的某些譯本，則是翻譯成上帝告誡人們應避免觸碰他人的血液。例如，在新世界譯本中，經文提到：「帶著靈魂的肉——也就是帶血的肉，你們不可食用。」

「沒錯。」

「所以聖經中並沒有提到輸血這件事。」

亨利先生耐心地說：「如果你參閱希臘文與希伯來文的聖經，你會發現那段經文的本意是指『不可讓血液進入體內』。」

「謝謝你的說明，但是在那個鐵器時代，輸血這種醫療技術根本不存在，既然不存在，又怎麼會被上帝禁止？」

凱文・亨利搖搖頭，他說話的語調中帶點憐憫和寬容。「一切的事物都在上帝的心中。你必須明白一點：聖經的內容就是祂的話語，是祂啟發了祂所選擇的先知，讓先知寫下祂的旨意，無論當時是哪個年代，石器時代也好，青銅器時代也好，一點都不重要。」

「我相信你說的，亨利先生，但是許多耶和華見證人的信徒對於這個關於輸血的規定有些懷疑。他們希望能夠接受輸血之類的醫療行為，同時又不違背自己的信仰。亞當還這麼年輕，他是不是還有其他的選擇？或許你可以說服他，以你的影響力去挽救他的性命。」

亨利先生又轉過頭去看著費歐娜。「確實有極少數人悖離我們的核心指導原則，不過我們教會裡沒有這種人，我們的長老非常明確地保證這一點。」

天花板上的頂燈照在伯納油亮的頭皮上，閃閃發光。為了要裝出交叉詢問的威嚇氣勢，他用右手抓著西裝外套的翻領。「那些嚴格的長老每天都去探望你兒子，是不是？他們是不是想確認亞當不會改變心意？」

凱文．亨利頭一次顯露出被激怒的表情。他堅定地面對伯納，雙手緊握證人席扶欄，身體微微前傾，彷彿有一條無形的鍊條限制了他的行動。但是他的語氣依舊相當冷靜。「他們都是善良且正派的人。另外還有其他教會的牧師也到病房探望過亞當，我兒子獲得許多長老的建言和安慰，而且無論他聽見什麼，他都會告訴我。」

「但如果亞當同意接受輸血，是不是會如你所說的——他將會被『逐出教會』？換言之，他會因此被趕出耶和華見證人的團體，這是不是真的？」

「他會因此與我們斷絕關聯。但這種事情不會發生，因為亞當不可能改變主意。」

「嚴格來說，亞當還只是一個受你保護的孩子，亨利先生。因此，我想要改變的，其實是你的想法。他害怕自己會『偏離正軌』，你是不是這麼形容的？偏離你與其他長輩的期望。他害怕自己如果選擇活下去而不選擇可怕的死亡，所有的親人都會背棄他。這對一個年輕小伙子而言，算是自由意志的選擇嗎？」

凱文．亨利沒有說話，他只是沉默思考著。他頭一次轉身看著他的妻子。「如果你肯花五分鐘陪在他身旁，你就會明白他很清楚自己的立場，而且能依照自己的信仰做決定。」

「我寧可相信他是一個罹患重症而且擔心受怕的男孩，不顧一切只想博得父母的認同。亨利先生，你有沒有告訴亞當，如果他願意的話，他可以接受輸血？而且即便他接受輸血，你對他的愛也不會改變？」

「我已經告訴過他，我很愛他。」

「只有這樣嗎？」

「這樣就夠了。」

「耶和華見證人從什麼時候開始命令信徒不得接受輸血?你知道嗎?」

「《創世記》裡面有寫，從這個世界開始以來就是如此。」

「這個規定可追溯至一九四五年，亨利先生。在那之前，其實輸血是完全可行的。現在，一個設立於布魯克林的委員會就這樣任意決定你兒子的命運，難道是你樂見的結果?」

凱文·亨利壓低了聲音，也許是出自對討論話題的尊重，但也可能是因為這是一個令他相當為難的場面。他回答時再次把費歐娜帶進答案中，語調中帶有一絲溫暖。「聖靈會引導帶著香膏的使者——但是我們卻稱那些人為奴隸，法官大人——聖靈可以幫助他們找到以前大家不明白的真理。」他轉身面對伯納，以一種不帶感情的口吻說：「委員會是耶和華與我們溝通的管道，委員會就是耶和華的聲音。如果委員會對我們的教導有任何改變，是因為上帝要逐步向我們展現祂的旨意。」

「但是上帝的旨意容不下太多異議。這本《守望台》雜誌說：『獨立思考是撒旦於一九一四年十月開始叛亂時的主張，因此耶和華見證人的信徒必須避免獨立思考。』亨利先生，你是不是也灌輸這種觀念給亞當?要他警惕撒旦帶來的影響力?」

「信徒會避免意見不合和互相爭吵的情況發生，以確保大家能攜手同心。」亨利先生這時又恢復了自信，他可能事先已經與格里夫討論過這一題。「或許你不明白臣服於全能主宰的意義，但是請你了解，我們這麼做完全出於自由意志。」

馬克．伯納的臉上掛著歪向一側的笑容，也許是發自於欽佩他面前的對手。「你剛才告訴大家，在你二十幾歲的時候，人生還是一團混亂。你也說自己當時有一點狂放不羈。如果時間再往前推數年，亨利先生，也就是當你在亞當目前這個年齡時，你知道自己要些什麼嗎？我想，應該還懵懵懂懂吧？」

「亞當這一生都活在真理中。我沒有那麼幸運。」

「如果我沒記錯，你說你發現生命是寶貴的。你的意思是指所有人的生命，或者只是你自己的生命？」

「所有的生命都是上帝賜予的禮物。但如果上帝要把生命拿走，那也是祂的旨意。」

「亨利先生，你說得這麼輕鬆，因為上帝要拿走的並不是你的生命。」

「要這麼豁達其實很不容易，畢竟我們討論的是我兒子的生命。」

「亞當會寫詩。你贊成他寫詩嗎？」

「我不覺得這件事跟他的生命有什麼關聯性。」

「你們為了他寫詩這件事情吵了一架，對吧？」

「我們只是進行了一場認真的對談。」

「亨利先生，自慰是一種罪嗎？」

「是的。」

「墮胎也是嗎？同性戀也是嗎？」

「是的。」

「這些都是你們教亞當篤信的觀念嗎？」

「這些是他所知道的真理。」

「我問完了。謝謝你，亨利先生。」

約翰．托維接著起身，微微喘著告訴費歐娜，他目前沒有問題要請教亨利先生，但是他想請一位來自「兒童與家庭訴訟諮商服務」的社工人員上證人席。這位名叫瑪莉娜．格林的社工人員身材瘦小，有一頭黃棕色的頭髮，說話時用詞簡短而精準，這種說話方式在漫長的下午時分有如幫了法庭一個大忙。瑪莉娜說，亞當是一個非常聰明的孩子，他不僅熟讀聖經，也明白自己的病況。亞當甚至表示自己已經準備好為信仰而死。

接著是亞當親口說的話，經過費歐娜的許可，瑪莉娜．格林從筆記型電腦中大聲讀出來。「我是獨立的個體，不是我父母的附屬品。無論我父母怎麼想，這是我自己的決定。」

費歐娜問瑪莉娜，法庭現在應該採取什麼行動才適當。瑪莉娜表示，她的看法相當簡單，但也為自己不熟悉法律規定而表達歉意。她說，雖然那個小伙子頭腦很靈光，而且口齒伶俐，但畢竟還很年輕。「一個年紀輕輕的孩子，實在不應該為了宗教而犧牲自己的性命。」

伯納和格里夫兩人都表示暫時沒有問題要問瑪莉娜．格林。

在聽證會結束前，費歐娜宣布暫時休庭片刻。她快速走回辦公室，坐在辦公桌前喝了一杯水，然後檢查電子郵件和簡訊。有一大堆電子郵件與簡訊等她回覆，但是傑克卻沒有捎來任何消息。她又瀏覽了一次，心裡既沒有悲傷也沒有憤怒，只有一種黑暗的空洞感，一種悄然降臨的空虛，正威脅著要消滅她以往的人生。這是她人生必須經歷的另一種磨練嗎？她還是難以相信，與自己最親密的傑克竟然對她如此殘酷。

幾分鐘後，費歐娜回到法庭，暫時得到解脫。伯納又繼續發言。他提及本案無法避免的討論焦點「吉利克能力」。這個見解是斯卡曼大法官提出的，在家事法與小兒醫學領域經常被引用。伯納引述斯卡曼大法官的意見：「十六歲以下的孩童，可以自行決定是否接受醫治，只要該名孩童有足夠的智慧，能夠並已經充分了解即將在他身上進行的醫療行為。」主張醫院可以違反亞當的意願逕自進行輸血的伯納，竟然在此時率先提及「吉利克能力」，無非是故意搶先一步，打算在代表亨利夫婦的格里夫搬出這項見解之前，先從有利於醫院的角度解釋這個見解。伯納以他流暢悅耳的男高音迅速地簡短說明，清楚詳盡地表達看法，宛如在演唱歌德的悲劇詩。

伯納表示，輸血不算是醫療行為。他說，每一位照顧亞當的醫護人員，都不否認亞當聰慧過人、辯才無礙，並且對各類書籍充滿好奇與熱情。他創作的新詩曾經在某份嚴謹的全國性報紙所舉辦的比賽中脫穎而出，而且還會默背古羅馬詩人賀瑞斯所寫的頌歌。亞當確實是一個非常優秀的孩子。雖然大家都認同這位病人是一個聰明且表達能力出眾的少年，但是卡特醫生剛才已經明確表示，病人對於不接受輸血的後果只有粗略的概念，他對死亡造成的威脅，甚至懷有某種程度的浪漫想像。因此，亞當並不符合斯卡曼大法官所指稱的情況，因為他並未「充分了解」不接受輸血會導致什麼後果。然而，醫護人員沒有向這孩子說明真相，是正確的決定。資深的卡特醫生最具有裁量的資格，他的作法相當明確。總之，亞當並不具備「吉利克能力」。其次，就算亞當的情況適用「吉利克能力」，就算他可以自行決定是否接受醫療行為，該見解所討論的醫療行為，並非攸關病人生死的緊急救治，因此本案不能引用「吉利克能力」的見解。關於年齡的問題，法律規定得很清楚，亞當必須等到年滿十八歲，才能擁有自主決定權。

伯納接著表示：第三個理由則相當簡單——接受輸血後可能造成的感染，風險其實非常低，但是不接受輸血的後果卻是明確又可怕的，極可能會讓亞當送命。第四個理由是，亞當與他的父母親有相同的宗教信仰，顯然並非純屬巧合，畢竟他從小就生活在信仰虔誠的家庭環境中，而且他是一個敬愛父母、願意為父母犧牲奉獻的好孩子。由於亞當對於輸血的觀點顯然與一般人迥異，醫生強烈認為，他的看法恐怕並不是出於個人的意念。我想大家都無法否認，每個人在十七歲時所堅信的理念，現在回想起來連自己都覺得可笑。

馬克·伯納轉身坐下，萊斯利·格里夫隨即站起身來，站在費歐娜左前方幾步之遙，開始發表他的論點。格里夫也希望費歐娜採用斯卡曼大法官的判決意見，因為「病人能夠自行決定是否接受治療的權利，是一種受到普通法保護的基本人權」。所以，如果病人有足夠的智慧與判斷力，足以明辨是非，法院就不該干涉病人的決定。以「病人還要兩、三個月才年滿十八歲」當成抗辯的理由，顯然不夠充分。這是一件攸關基本人權的大事，不應該憑藉數字大小來下定論。病人早已一再表明自己堅定的意志，更何況他的年紀比較接近十八歲，而不是十七歲。

格里夫閉上眼睛，憑回憶道出一九六九年「家庭改革法案」第八章的內容：「任何必須經過病人同意的手術、醫療或牙科治療，如果未經病人同意就擅自進行，等同侵犯病人的身體權。倘若病人是年滿十六歲的未成年人，他表達意願的效力與成年人相同。」

「任何一個見過亞當的人，都會因為他的成熟穩重而留下深刻的印象。」格里夫表示。「法官大人可能有興趣知道，他還曾朗讀自己創作的新詩給護理人員聽。亞當最讓人刮目相看的一點，是他的想法比大多數的十七歲少年更加嚴謹縝密。因此，法庭應該假設：如果亞當提早出生幾個月、如果他已經可以充分行使基本權利，那他會有什麼樣的決定。為了全力支持他親愛的父母，亞當已經清楚表示拒絕接受輸血，而且他也已經明白闡述自己拒絕接受輸血的理由，是因為宗教信仰。」

格里夫停頓了一會兒，彷彿在思考著什麼，然後他對著卡特醫生離開法庭的那道門做了一個手勢。「我們不難理解卡特醫生為何如此鄙視亞當不肯接受輸血的想法，卡特醫生只是表現出人們期望一位德高望重的專業人士應當具備的敬業態度，但是，他的敬業態度蒙蔽了他對於亞當的『吉利克能力』所應有的判斷。最重要的是，這個案子的爭論點並非醫療問題，而是法律與道德問題，攸關一個年輕人不容剝奪的權利。亞當完全了解自己的決定會帶來什麼樣的結果，他知道自己會因此提早離開人世，而且他已多次表明意願。就算他不知道自己最後會如何走完人生，一點都不重要；因為就算是被認定具備『吉利克能力』的人，也不一定完全確知自己的生命將如何終結。事實上，根本沒有人知道自己會怎麼死。我們只知道我們總有一天會死，但是沒有人知道自己將如何死去。卡特醫生也承認，負責治療亞當的醫護團隊刻意不告訴亞當這方面的資訊。這名年輕人確實具備『吉利克能力』，他清楚地理解自己拒絕接受治療會導致死亡。既然亞當適用『吉利克能力』，關於他未成年的問題也就毋須再多加討論。」

到目前為止，費歐娜已經寫了滿滿三頁的筆記。其中，她在獨立的一行寫著：「新詩創作？」在爭吵不休的辯論中，費歐娜彷彿看見一個鮮明的影像：一個十來歲的年輕男孩躺在病床上，一邊用枕頭支撐著身體，一邊對著疲憊的護士誦讀自己所寫的詩句。儘管那位護士知道還有別的病人在等她照護，但她心地太善良，不忍心對男孩明說。

費歐娜在亞當這樣的年紀時也曾寫過詩，不過她從來沒有想過要大聲朗讀自己的詩，就算聽眾只有她自己一人。她還記得四行詩的創作方式可以很大膽，不需要押韻。她曾寫過一首關於溺死的新詩，內容描述自己在河邊的草叢往後仰，然後慢慢下沉至河水中。這種不可思議的想像，靈感來自英國畫家米雷的畫作《奧菲莉亞》。有一次，學校安排校外教學，讓她們去參觀泰德現代美術館，結果費歐娜被那幅作品深深吸引，她站在畫前，久久無法自己。費歐娜把這首大膽的新詩寫在一本老舊的筆記本裡，她還在筆記本的封面上用紫色簽字筆畫了一些她喜歡的髮型。如果她沒記錯，這本筆記本目前躺在某個紙箱最底部，而紙箱則收在「家」裡那間沒有窗戶的空房一隅——如果那個地方還能稱之為「家」。

格里夫總結的論點是：無論亞當是不是即將年滿十八歲，其實都不會有任何差別，因為亞當符合斯卡曼大法官所闡述的條件，充分具備「吉利克能力」。格里夫並引述巴爾科姆大法官的判決意見：「隨著孩子漸漸接近成年，他們也愈來愈能自行決定是否接受醫療行為。對於達到一定年齡且具備一定智慧的孩子，如果在知悉各項因素之後做出決定，法院就應該尊重他們的決定，因為這才是對孩子最好的考量。」法院不得特別偏袒任何一種宗教，只為表達對該宗教之特定信仰的尊重；但是法院也不應被誤導，否定當事人可拒絕接受醫療行為的基本權利。

最後由約翰．托維發表簡單扼要的結語。他拄著枴杖站起來，自稱代表亞當．亨利和亞當的監護人瑪莉娜．格林，發言時語氣刻意表現得中立。他說，雙方律師的意見都很有道理，而且相關的法律問題都已經提出來討論。亞當的聰明才智無庸置疑，他對於聖經的理解以及教義的傳達也相當透徹。我們必須考量的重點，在於他還沒有滿十八歲，就事實而言，他還是一個未成年人，因此應該由法官來決定是否應尊重亞當的意願。

約翰．托維坐下之後，法庭內變得一片寂靜。費歐娜一邊低頭看著自己的筆記，一邊迅速整理思緒。托維的結語，有助於把種種考量限縮成一個決定，於是費歐娜呼應托維剛才所言，說：「由於本案的情況特殊，本庭決定親自聽聽亞當．亨利的想法。本庭想知道的不是他對於聖經的理解程度，而是他是否明白自己現在的處境以及未來將面對什麼樣的磨難。他的認知將有助本庭裁決是否讓醫院為他進行輸血。除此之外，本庭希望讓他明白，本庭不是一個沒有人性的機關，本庭會告訴他，他的最大利益將是本庭裁決的依據。」

費歐娜並接著表示，她將在瑪莉娜．格林的陪同下前往位於旺茲沃思區的伊迪絲．卡維爾醫院，她與亞當．亨利交談時，也會讓瑪莉娜．格林全程參與。目前的聽證程序就此暫停，等費歐娜回來之後再繼續進行，屆時她也將公開做出裁定。

第三章

計程車正因為交通阻塞而在滑鐵盧大橋上停滯不前，費歐娜想著自己可能會因為感情用事而誤導專業判斷，但也可能經由法院的世俗力量扭轉一名男孩的宗教信仰，然而她不認為這兩種情況會同時發生。她把思緒暫時擱放在一旁，看著左側流向聖保羅大教堂的泰晤士河下游，河水正迅速退潮。詩人華茲華斯在附近另一座橋上說的話沒錯，無論大橋的左側或右側，都是世界上最美善的城市榮景，就算這裡的雨下個不停。費歐娜身邊坐著瑪莉娜·格林，她們只在離開法院時簡單聊了一些合宜且保持距離的話題，除此之外便沒有再交談。瑪莉娜看起來有點心不在焉，但也許是已經很習慣她右側泰晤士河的上游景致，因此專心地滑手機、讀訊息、點網頁，偶爾皺皺眉頭，以一種現代人的方式打發時間。

她們終於抵達南岸，然後往泰晤士河上游方向前進，但行車速度依舊慢得像走路一樣，花了將近十五分鐘才抵達蘭貝斯宮。費歐娜關了手機，這樣她才不會每五分鐘就忍不住查看簡訊和電子郵件。她寫了一封簡訊，但是沒有發送出去。「你不可以離開我！」但是傑克早就已經離她而去，簡訊中的驚嘆號已經說明了一切——她是個笨女人。費歐娜這種口吻並不常見，她有時會用「情緒化的口吻」來形容這種說話方式，並希望自己能嚴格地自我控制。這種口吻混雜著淒涼和憤慨，或是渴望和暴怒。費歐娜希望傑克回來，但是她也希望這輩子不要再見到他。在她情緒性的口吻中，其實包含著愧疚。她到底做錯了什麼，才導致今天這樣的局面？她確實因為工作忙得昏頭轉向，忽略了丈夫的感受，還讓一個冗長的案子煩擾她的心神。可是傑克也有自己的工作，同樣有各式各樣的情緒。有時候就算傑克給她臉色看，她也會假裝什麼事都沒發生，不會讓別人知道他們吵了架。她是否覺得自己因為守著祕密而日漸腐敗？她是否懷著愧疚感？如果費歐娜那些觀察力敏銳的朋友知道了這件事，一定會逼她打電話給傑克，要求傑克解釋清楚。費歐娜絕對不能讓她們知道，因為她依舊害怕聽見傑克說出她最不想聽的答案。她只要開始想像那種情況，就會無法自拔地想個不停，宛如一台停不下來的跑步機，唯有藉著服用安眠藥入睡才救得了她。除了睡覺，就是得靠著一趟非正式的出差，就像現在這樣。

計程車來到旺茲沃思路，行車速度也變成每小時二十哩，相當於一匹馬全力奔馳的速度。

她們右手邊經過一家由老舊電影院改裝而成的回力球場，多年以前，傑克曾在這個球場上展現他的耐力極限，勇奪全倫敦回力球比賽的第十一名。當時她這個年輕又忠實的妻子，無聊地坐在球場外的玻璃帷幕後方，一面看著球賽，一面偷偷閱讀她負責辯護的強暴案，生怕輸了案子，因為那可是她服務了八年的火爆老客戶。費歐娜的行為無可厚非，但傑克卻不曾原諒她。

費歐娜有一種北倫敦人的無知，對於寒酸雜亂的南倫敦充滿蔑視感。泰晤士河以南的倫敦一直以來都相當荒涼，連地下鐵車站周邊都欠缺生氣，只有生意清淡的商店和附有塵土飛揚車庫的愛德華時代老建築，以及外觀樸素、裡面藏著毒販的公寓大樓。走在人行道上的行人，每個人都心事重重，那些人可能是來自其他偏遠的城市，而不是她熟悉的倫敦。如果沒有看見木板封死櫥窗的電器行上方所懸掛的褪色搞笑招牌，費歐娜大概不知道他們搭乘的計程車正經過克拉伯姆交匯站。人們怎麼會想要在這種地方討生活？費歐娜覺得自己有離群索居的傾向，但這時才突然想起她此行的目的。她正要去探訪一名生重病的男孩。

費歐娜喜歡醫院。她十三歲那年，經常以飆車的方式騎腳踏車上學。有一天，一塊突起的水溝蓋讓她摔了車，她從車頭飛過，重重跌落在地面。由於有輕微的腦震盪，還有血尿的症狀，所以必須住院觀察。小兒科病房當天沒有床位，因為有一整部遊覽車的小朋友從西班牙返國後染上不知名的腸胃病毒，占滿了病床，於是費歐娜被安置在成年女性的病房，接受為期一週的簡單檢查。那是發生在一九六〇年代中期的事，當時還沒有區分醫療層級的觀念。她被安排住進一間天花板挑高的維多利亞式病房，環境乾淨且井然有序。護理長雖然表情嚴肅嚇人，但是特別用心照顧年紀幼小的費歐娜。至於那些與她同一間病房的成年女性，當時也都才三十來歲，費歐娜至今還清楚記得，那些長輩都對她疼愛有加，所以費歐娜根本忘了她們其實也是病人。她就像是她們的小寵物一般，全然迷失在全新的身分裡，原本在家裡和學校度過的那種刻板生活模式慢慢消散無蹤。那時候，每當一、兩位好心的女士在夜裡從她們的病床上消失，費歐娜也沒有想太多，因為她當時還與子宮切除術、癌症及死亡毫無關係，成天舒舒服服地在病房受寵，就這樣開心地過完一星期，絲毫沒有出現任何健康警訊或是疼痛的感受。

那時，每天下午放學後，費歐娜的同學就會到醫院來看她。她們就像大人一樣，到醫院探訪生病的朋友。那些小朋友一開始還對醫院病房充滿敬畏，但是探病幾次之後，敬畏感沒了，三、四個女孩子就開始圍在費歐娜身邊，任意搖晃病床嬉鬧，並且為了一些芝麻綠豆的小事而笑個不停——例如看見某位皺著眉頭匆匆走過的護士、某個缺牙老太太與她們熱情打招呼，或是聽見病房另一頭隔著帷幕的重病病患發出沙啞的呻吟。

午飯前後，費歐娜都會自己一個人待在病人休息室，把作業簿放在腿上，心裡規畫著自己的未來，思考著應該成為鋼琴演奏家、獸醫、記者或是歌手。她甚至還畫出自己可能的人生流程，在那幅詳細的樹狀圖裡，包括一路念完大學、嫁給一個充滿英雄氣質且身材粗壯的丈夫、生下夢幻般的可愛孩子、擁有一座綿羊養殖場、過著顯赫的生活。費歐娜當時還沒有想過自己會走上法律這條路。

出院那天，費歐娜穿著學校制服在病房裡四處走動，肩膀上的書包隨著她的步伐搖來晃去。在母親的陪同下，她與其他的病患含淚揮別，並承諾一定會與大家保持聯繫。在接下來的十年，費歐娜很幸運地保有健康的身體，只到醫院去探視生病的親友，自己不曾再度住院，因此她的記憶已經烙上深刻的印象，無論她在醫院裡探視的親人或朋友遭受多大的痛苦和恐懼，也改變不了她對醫院那種不太正確的聯想。她覺得醫院充滿美善，她不僅可以在醫院受到較好的特殊待遇，還可以在醫院裡躲避所有不好的事物。因此，當二十六層樓高的伊迪絲．卡維爾．旺茲沃思醫院出現在遠處白霧中的橡樹後方時，費歐娜突然萌生一種充滿期待的快樂感受，那種感受非常不恰當。

計程車駛近一面藍色的霓虹看板時，費歐娜和瑪莉娜的視線從來回忙個不停的雨刷看出去，藍色霓虹看板上顯示：剩餘六百一十五個車位。前方一片高高隆起的草地，看起來像是石器時代的碉堡，上面有一座日本人設計的圓形玻璃塔，玻璃上覆蓋了一層像外科醫師手術袍的綠色電鍍。這座玻璃塔就是伊迪絲．卡維爾．旺茲沃思醫院，興建於新工黨執政那段無憂無慮的日子，費用全來自借貸。玻璃塔的最高樓層，消失在夏天漂浮於低空的雲朵裡。

正當費歐娜和瑪莉娜走向醫院大門，一隻貓突然從旁邊停放的車輛底下竄出來，從她們前面跑過。瑪莉娜再次打開話匣子，開始聊起她飼養的那隻英國短毛貓。她的貓膽子很大，把她家附近的狗全都趕跑了。費歐娜對瑪莉娜的印象很不錯，她是一名莊重的年輕女性，有一頭黃褐色的頭髮，以及三個年紀不滿五歲的孩子。她的丈夫是一名警察，一家人住在國民住宅裡。她養的貓其實與今天的任務毫不相關，她不想提到任何可能影響彼此關係的話題，但還是敏感地意識到她們即將面對雙方同樣關注的問題。

費歐娜敞開心胸對瑪莉娜說：「區區一隻貓都知道要為自己的生存而奮鬥，我希望你能與這個叫亞當的年輕人分享這個故事。」

瑪莉娜連忙回答：「其實我已經告訴過他了。」然後她又恢復沉默，不再多說什麼。

她們走進一個以玻璃圍成的挑高中庭，挑高的高度為整棟建築物的高度。中庭裡有許多成熟的當地原產樹種，那些樹木外型纖瘦，彷彿滿懷希望地從中庭往上竄生。中庭裡還有令人愉悅的露天餐飲店，備有可讓人坐下享用咖啡和三明治的桌椅。較高處的弧面牆壁上還有懸臂式的水泥花台，花台上種著其他樹種。至於種在最遠處的植物，是位於三百呎高處的灌木，那些灌木的影像全映照在玻璃屋頂上。費歐娜和瑪莉娜・格林兩人走過白色的拼花地板，經過服務台和一處掛著不怎麼漂亮的兒童藝術作品的展覽區。她們搭著又長又直的電扶梯，來到夾層的樓面，這個樓面有一座噴泉，書店、花店、書報攤、禮品店和商務中心等則圍繞在噴泉四周，輕柔而悠揚的新世紀音樂融合在滴滴答答的噴泉流水聲中。這棟醫院應該是依照現代化的機場所打造的，但是功能當然與機場不同。這個樓面沒有什麼病懨懨的氣氛，也看不到任何醫療器材，病人完美隱身於醫院訪客和工作人員之中，到處都是穿著華服的男女，每個人看起來都相當時髦。費歐娜和瑪莉娜順著跑馬燈號誌的指示，往「兒童腫瘤科與核子醫學科」的方向走去。她們走過一條地板上了蠟的長廊，來到電梯間，然後安靜地搭乘電梯直達九樓。她們又走過一條相同的長廊，左轉三次之後，最後來到加護病房。病房牆壁上畫著幾隻猩猩，開心地在森林裡的樹上擺盪。這裡的空氣不太流通，充斥著一種醫院特有的氣味，還有食物殘留的味道、防腐劑的氣息，以及令人微微頭暈的甜味，既不是水果香也不是花香。

護理站以一種保護者的姿態面對呈半圓形排列的病房，每一間病房的房門都緊閉著，每一扇門上都有一個小小的觀察窗。安靜無聲的兒童腫瘤科病房，只聽得見電子設備發出的細微聲響。由於缺乏自然光線的照射，這裡感覺就像午夜時分。兩名年輕的護士坐在辦公桌前，費歐娜後來得知，她們一位是菲律賓人，另外一位則來自加勒比海。這兩名護士一看見瑪莉娜，立刻開心地與她擊掌問安。那一瞬間，瑪莉娜彷彿突然變成一個截然不同的人，就像是一個活潑好動的黑人女性，一直以來隱藏在她白皙的肌膚下。她轉身向兩位年輕的護士介紹費歐娜．梅伊法官，並告訴她們費歐娜是「真正的大人物」。費歐娜伸手與兩位護士握手，她沒有辦法放下矜持與她們擊掌，兩位年輕的護士顯然能夠理解這一點，於是熱情地握住費歐娜的手。她們在辦公桌前簡短討論了一下，一致認為費歐娜應該先留在病房外，由瑪莉娜獨自到病房裡與亞當溝通。

瑪莉娜走進右側最遠處的病房後，費歐娜便向兩名護士詢問亞當的近況。

「他最近在練習小提琴。」那個菲律賓裔護士說：「簡直快把我們逼瘋了。」

另外一位護士甚至誇張地拍打自己的大腿。「他拉琴的聲音簡直就像在謀殺火雞。」

兩名護士彼此互看一眼，然後露出會心一笑，但依舊保持安靜，以免打擾病人。這顯然是她們編出來的老笑話，費歐娜在一旁等她們兩人笑完。儘管費歐娜現在覺得頗為自在，但是她知道這種感覺不會持續太久。

費歐娜問她們：「關於輸血那件事，現在是什麼樣的情況？」

剛才歡樂的氣氛頓時消散無蹤。加勒比海裔護士說：「我每天都為他祈禱。我對亞當說：『上帝不希望你死，親愛的。就算你接受輸血，祂還是一樣愛你。祂希望你好好活下去。』」

菲律賓裔護士則難過地表示：「但是他已經下定決心了，我們應該要佩服他，因為他非常堅持自己的理念。是吧？」

「你是說他一心求死的理念嗎？他根本什麼都搞不清楚！他只是個什麼都不懂的孩子啊！」

費歐娜又問：「當你告訴他上帝希望他活下去時，他怎麼回答呢？」

「他什麼都沒說。但是他臉上的表情彷彿寫著：『我才不管這個護士說什麼呢！』」

這時瑪莉娜打開了病房房門，對著她們舉起一隻手，然後又走回病房裡去。

費歐娜對兩名護士說：「我明白了，謝謝你們。」

某位病人突然從病房裡按了呼叫鈴，菲律賓裔護士馬上前往探視狀況。

「請你進去病房裡看看亞當吧，法官大人。」加勒比海裔護士說：「請你改變他的心意。他是一個人見人愛的好孩子。」

如果費歐娜對於走進亞當病房時的記憶有點混亂不清，那是因為她一進去就被對比強烈的畫面擾亂了判斷力，一下子有太多資訊等著她吸收。病房裡相當陰暗，但是病床四周有燈光照明。瑪莉娜坐在一張放在角落的椅子上，手裡拿著一本雜誌。在這樣的光線下，瑪莉娜根本不可能閱讀雜誌裡的文字。病床旁邊架設著生命維持系統以及觀測儀。高高架起的儀器與傳輸線，以及閃著光亮的螢幕，讓人不得不心存警戒，不敢說話。但是病房裡並非安靜無聲，因為費歐娜走進病房時，那個男孩已經開始對著她說話。那一瞬間就像是某樣東西突然引爆，與她沒有關係，她只是茫然地待在一旁。男孩用枕頭倚靠著金屬床架，直挺挺地坐在床上，旁邊點著一盞小燈，宛如舞台上的聚光燈。攤放在病床床單上的物品很多，包括幾本書本、幾本小冊子、一支琴弓、一台筆記型電腦、一組耳機、橘子皮、甜點的包裝紙、一包面紙、一隻襪子、一本筆記本，以及寫滿文字的格線活頁紙，所有的東西都散放於燈光映照範圍外的陰影處。這種凌亂的房間在一般青少年身上很常見，費歐娜在拜訪親戚時也見識過，因此並不陌生。

這個男孩有一張瘦長的臉，陰森而蒼白，但是長得很好看，眼睛下方的臥蠶帶點漸漸泛白的紫色，飽滿的嘴唇在強光下也呈現紫色。他大大的雙眼看起來像紫羅蘭的顏色，臉頰上有一顆痣，像是人工畫上去的美人痣。他的模樣相當虛弱，從病人袍裡露出的手臂瘦得像竹竿，而且說話時似乎有點呼吸困難，雖然表情十分認真，但是一開始費歐娜根本聽不懂他在說些什麼。病房房門在費歐娜身後輕輕關上時，她才聽懂他正告訴她這一切多麼奇妙，因為他一直認為她肯定會來探望他，他覺得自己有感應未來的本事。他曾在學校的宗教研究課裡讀過一首詩，那首詩說未來、現在和過去其實是一體的，聖經裡也有相同的說法。他的化學老師也說，相對論已經證明了時間只是一種錯覺。如果上帝、詩和科學都有同樣的看法，那麼這必然是真的，不知道她認不認同？

亞當說完便將身子往後靠在枕頭上，調整自己的呼吸。費歐娜剛才一直站在床尾處，現在才走到病床旁邊的塑膠椅旁，向亞當自我介紹，然後對著他伸出手。亞當的手濕濕冷冷的。費歐娜坐了下來，等著亞當繼續再說點什麼，但是他只是仰著頭，眼睛看著天花板，仍然氣喘吁吁。費歐娜這時才意識到，亞當在等她回答剛才的問題。她聽見自己身後的生命維持器發出徐緩的嘶嘶聲，另外還有一種非常孱弱但是急促的嗶嗶聲，音量儘管微小，還是讓費歐娜聽見了。那是心跳探測儀發出的訊號，雖然為避免造成病人緊張已經調低音量，但此刻還是急促地響著，洩漏出亞當情緒的亢奮。

費歐娜俯身向前，告訴亞當她覺得他說得沒錯。根據她在法庭上的經驗，如果互不相識的多位證人全都描述同樣的情況，他們所說的很可能就是事實。

費歐娜又補充說：「但這種推論也不一定永遠正確，因為還是可能有誤會產生，因為互不相識的證人也許都誤認了事實，這樣的情況在法庭上也發生過。」

「什麼樣的案子？」

亞當還在調整呼吸，光提出這個問題就已經相當吃力。他的視線依然看著天花板，在費歐娜回想例子時沒有注視著她。

「好幾年前，有一對夫妻被控以恐怖的手法虐待自己的孩子，說他們在祕密的邪教膜拜儀式中對孩子做出可怕的事，因此政府相關單位便把孩子從他們身邊帶走，各界人士也紛紛抨擊這對夫妻，包括警察、社工人員、檢察官、報紙媒體，甚至法官。但經過事實查證，才發現根本什麼事都沒發生，沒有祕密儀式，沒有邪教膜拜，也沒有虐待孩子，什麼都沒有，一切全是幻想出來的。那些專家學者和重要人物同時受到錯覺的影響，編織出一種想像的情境。最終，每個人都清醒了，並且萬分羞愧，或者說，他們應該要感到萬分羞愧。拖了很久的時間，那對夫妻的孩子才重回父母身邊。」

費歐娜說話時，彷彿自己也陷入了夢境。她感到一種愉悅的寧靜，但她猜想在一旁聆聽他們對話的瑪莉娜，應該不明白她為什麼要對亞當說這些話。為什麼法官才見到這位年輕的病患不到幾分鐘，就告訴他一樁疑似虐待兒童的案件？法官是不是想暗示這男孩的宗教信仰只是一種錯誤的想法？瑪莉娜原本應該期望費歐娜在與亞當簡短寒暄後，就馬上開宗明義地說明此行目的，並以「我相信你一定知道我今天為什麼到這裡來」作為開場白。但是，相反地，費歐娜只是天馬行空地閒聊，彷彿只是與同儕回顧一段多年前發生在法院裡的八卦事件。無論瑪莉娜心裡怎麼想，費歐娜都覺得無所謂，她要依照自己的方式來處理這件事。

亞當靜靜躺著，專心聆聽費歐娜所說的話。最後，他終於轉過頭來，看著費歐娜的眼睛。她已經浪費太多時間表現莊嚴的一面，決定不將目光移開。他似乎已經可以控制自己的呼吸，儘管臉色暗沉，但是表情認真，不過卻看不出他心裡在想什麼。然而這已經不重要了，反正她覺得現在是自己一整天裡最平和的時刻，不需要太過強求。就算她現在不能真的稱得上冷靜，起碼也很從容。法庭等待結果的壓力、馬上做決定的必要性、醫生替病患進行輸血的急迫性，全部都被她關到陰暗又不透氣的病房外。費歐娜看著亞當，等他開口說話。她覺得專程來醫院見亞當一面是相當正確的決定。

與亞當的目光對視超過半分鐘，這感覺似乎不太恰當，但是費歐娜可以利用這段時間，專注想像亞當如何看待坐在他床邊椅子上的她——又一個意見多多的大人，一個不久後會因為無關緊要之事而消失不見的老婦人。

亞當開口之前又移開了視線。「撒旦詭計多端，他會故意施展一些手段，例如先讓人們誤以為兒童受到虐待之類的笨主意，然後又證明大家都搞錯了，這麼一來，人們就會以為撒旦根本不存在。等到那個時候，撒旦才會真的放手惡搞、盡情使壞。」

這是費歐娜沒有開宗明義切入主題的另一種後果，她可能會被亞當的立場所誤導。在耶和華見證人的教義中，撒旦是一個活生生的角色，存在於世界上。根據費歐娜之前閱讀的資料指出，撒旦於一九一四年十月來到人間，準備終結這個世界，開始在各國政府和天主教教會施展邪惡的力量。撒旦還特別在聯合國搞鬼，假裝要促使各國和睦相處，但其實是要引導全世界人類走向聖經中所說的世界末日。

「所以撒旦也可以利用白血病取走你的性命囉？」

費歐娜不知道自己這句話是不是說得太直白了，但是亞當這時表現出一種青少年常見的反彈態度，嘴硬地回答：「沒錯，就是這樣。」

「你打算任憑撒旦擺布嗎？」

亞當往後撐著病床床架，吃力地坐起身來，若有所思地摸摸下巴，彷彿在模仿某位自負的教授或電視上的名嘴，但也可能是在嘲弄費歐娜。

「嗯，既然你問了，我就告訴你吧。我打算藉著順從上帝的旨意來摧毀撒旦。」

「所以這是肯定的答案囉？」

亞當沒有回答問題，他停頓了一會兒，說：「你今天到這裡來的目的，是不是企圖扭轉我的想法、改變我的決定？」

「不，我完全沒有這個打算。」

「才怪！我覺得你就是這樣打算的！」亞當彷彿突然變成一個被激怒的淘氣男孩，他伸手隔著被單環抱住自己的膝蓋，儘管依然氣若游絲，但精神顯得相當亢奮。他故意以略帶譏諷的口吻說：「哦！偉大的女士，求求你幫助我，求求你帶我走回正軌。」

「讓我告訴你我今天到這裡來的目的，亞當。我只是想要查清楚你是不是真的知道自己在做什麼。有些人覺得你還太年輕，可能無法了解在這種情況下如何正確抉擇，他們擔心你可能受到你父母親和長老的影響。但是也有些人覺得你非常聰明，可以自己判斷是非，所以我們應該順從你的意願，讓你自己決定要不要繼續活下去。」

儘管病房內的光線頗為昏暗，費歐娜卻能清楚看見在她面前的亞當——凌亂的鬈曲黑髮，長過了病人袍的後領；一雙大大的深色眼睛，不斷打量著她的表情，想看出她是不是為了騙他而說謊。費歐娜聞到被單傳來一股香味，可能是洗衣粉或香皂的味道。她也從亞當的呼吸裡嗅到一點點類似金屬的氣味，也許是他服用的藥散發出來的。

「好。」他急切地說：「那麼你現在有什麼想法？你覺得我有自行判斷是非的能力嗎？」

亞當這一招很厲害，把費歐娜拉回現實面，給她充分的空間與他交手，並誘使費歐娜說些不太恰當但較為有趣的話題。費歐娜認為，眼前這位智力早熟的年輕人只是覺得日子太無聊，想要尋找一些新的刺激，所以刻意演一場威脅生命安危的戲碼，好把每一位重要又難纏的大人都騙到病床邊來關心他。如果事實真的是如此，費歐娜覺得自己會更喜歡他，因為這表示嚴重的病情仍扼殺不了他豐沛的生命力。

那麼，她是否認為亞當有自行判斷是非的能力呢？「到目前為止，我覺得你很棒。」費歐娜決定這樣回答，儘管她知道這個答案有點冒險。「你讓我覺得，你是一個很清楚自己想法的人。」

「謝謝你。」亞當的聲音聽起來甜美得像是在嘲笑費歐娜。

「但這可能只是初步的印象。」

「我覺得這是一個很不錯的初步印象。」

亞當的態度和幽默，都帶著一種過於天真的成分，隱藏在他的高智商底下。那是一種自我保護，他心裡一定相當害怕。費歐娜認為，現在是和亞當把話說清楚的時候。

「你很清楚自己的想法，對不對？所以你應該不介意我們來討論實際面的問題吧？」

「不介意。」

「醫生說，如果他能夠替你輸血、提升你的血球數，他就可以繼續你的療程，再替你施打另外兩種有效的藥物。如此一來，你就有機會盡快痊癒。」

「沒錯。」

「如果你不接受輸血，就有可能死去。這點你也很清楚。」

「沒錯。」

「但也可能會有另外一種結果發生，我必須確定你也明白這一點。亞當，你不一定會死，但可能會喪失某些能力。你的眼睛可能失明，腦部也可能有受損的風險，或者，你的腎臟會壞死。如果你再也看不見世界上的一切，或者腦袋變笨了，或是必須終生洗腎，這樣的結果會讓上帝開心嗎？」

費歐娜提出的問題超出了她的本分，她身為法官的本分。她朝著坐在陰暗角落裡的瑪莉娜看了一眼，瑪莉娜將一本雜誌墊在筆記本下方，在筆記本上隨意塗塗寫寫，沒有抬頭看費歐娜和亞當。

亞當的目光聚焦於費歐娜頭頂上方某處，並用蒼白的舌頭濕潤他乾燥的雙唇，發出小小的聲響。他說話的口氣變得帶有怒意。

「如果你不相信上帝的存在，就不應該跟我談論做什麼事情會讓祂開心或不開心。」

「我沒說我不相信上帝的存在，我只想知道你是不是已經認真考慮過這些後果，考慮你可能會殘廢一輩子，不論是智力受損或肉體傷殘，或者同時失去頭腦與身體的功能？」

「我恨這種病！我恨死這種病了！」亞當猛然轉過身背對費歐娜，試圖隱瞞他突然止不住的淚水。「但如果這是注定發生的結果，我就必須勇敢承受。」

亞當的心情變得很糟，不願看著費歐娜，因為費歐娜輕而易舉地瓦解了他的自信，讓他感到相當羞愧。他的手肘微微彎曲，看起來突出又脆弱。費歐娜突然萌生一種不知道從哪兒來的想法，她想把這個男孩子接回家去，然後準備豐盛的烤雞大餐，把他餵得飽飽的。烤雞要抹上牛油、龍蒿香料和檸檬，然後再準備番茄蒜烤茄子以及淋上橄欖油烘烤的馬鈴薯。

費歐娜和亞當的對話終於算是有了一點具建設性的進展，已經進入一個新的階段。但正當費歐娜準備繼續提出其他問題時，那位加勒比海裔護士突然走進病房，並且讓病房房門維持敞開的狀態。門外站著一名年紀比亞當略大的少年，身上穿著棕色的棉質夾克，身旁停放著一輛鐵製的小推車，是醫院的餐車。他們為亞當送來了晚餐，彷彿是被費歐娜剛才在腦中幻想的畫面所召喚而來。

「如果你們還沒有談完，我可以先把晚餐推走。」那位護士小姐說：「但是只能再給你們半個小時喔。」

「你肚子餓嗎？可以等半個小時再吃晚餐嗎？」費歐娜問亞當。

「可以。」

費歐娜從椅子上站起來，以方便護士替亞當進行例行性的檢查，並且查看儀器上的數據。護士肯定發現了亞當此刻的情緒，也看見了他濕潤的雙眼，因為她在離開之前用手輕輕擦了亞當的臉頰，並以輕柔的語調對他說：「你要好好聽這位女士的話。」

護士意外打斷費歐娜與亞當的對話之後，病房裡的氣氛也跟著改變了。當費歐娜坐回到椅子上時，她沒有接著問原本打算問的問題，相反地，她朝著床上那些活頁紙點了點頭，問亞當：「我聽說你會寫詩？」

費歐娜原本以為亞當會因為這個問題涉及私人領域而拒絕回答，或者因為他個性高傲而不願回答，但是亞當似乎因為費歐娜改變話題而鬆了一口氣。費歐娜覺得亞當回答這個問題時的態度相當誠懇，而且完全卸下心防。她也發現到亞當的情緒轉變非常快。

「我剛寫完一首詩，如果你有興趣，我可以讀給你聽。這首詩非常短，你等一下。」亞當轉過身子，直接面對著費歐娜。開口之前，亞當又先濕潤了一下他乾燥的嘴唇，用他沒有血色的舌頭。如果他的舌頭不是因為生病而蒼白，也許費歐娜會以為他擁有特別的舌頭，有一種化了妝的美感。

亞當好奇地問費歐娜：「大家在法庭上如何稱呼你？法官殿下？」

「他們通常叫我『法官大人』。」

「『法官大人』？太棒了。我可不可以也這樣叫你？」

「你直接叫我的名字就可以了。我的名字是費歐娜。」

「可是我想叫你『法官大人』。拜託，讓我這樣叫你。」

「好。讀詩給我聽吧。」

亞當將身子往後靠在枕頭上，調整自己的呼吸。費歐娜靜靜等著他。好不容易，亞當又把身體往前傾，準備拿起一張放在他膝蓋旁的活頁紙，但卻引發他一陣虛弱無力的咳嗽。等到咳完了，他的聲音已經變得沙啞又微弱。在這種情況下，費歐娜聽見亞當以「法官大人」稱呼她時，已經不覺得有任何諷刺意味了。

「法官大人，在我生病之前，其實根本沒有寫過詩。很有趣吧？你覺得這是什麼原因呢？」

「你自己認為呢？」

亞當聳聳肩。「我喜歡在半夜寫詩。醫院整棟樓都熄燈了，你唯一能聽見的聲音，是一種怪怪的、低沉的嗡嗡聲。白天的時候是聽不到這個聲音的。你聽聽看。」

於是他們兩人豎起耳朵聆聽著。現在距離天黑還有四個小時，馬路上的交通正漸漸邁入最壅塞的顛峰時段。雖然在病房裡就像是死寂的深夜，但是費歐娜沒聽見亞當說的那種嗡嗡聲。

費歐娜開始明白，亞當的本質還很單純，這也是他的優點。他有一種新鮮而且容易興奮的單純，就像孩子一般率真，可能是因為他成長於一個封閉的宗教環境。根據資料，耶和華見證人鼓勵教徒盡可能阻斷孩子與外界的接觸，與極端的傳統猶太教相似。費歐娜那些正值青春期的親戚，不論男孩或女孩，一遇上稍微難搞的事情就會馬上武裝自己，那種過度裝酷的反應其實令人開心，因為那是成長的必經歷程。至於不食人間煙火的亞當，相形之下雖然可愛，但也比一般孩子更為脆弱。費歐娜被亞當細膩的心思與認真注視著活頁紙的眼神所打動，也許亞當很想透過費歐娜的耳朵，聽見自己寫的詩句。費歐娜覺得，亞當這孩子一定是在充滿愛的家庭裡長大。

亞當看了費歐娜一眼，吸了一口氣，然後便開始誦讀自己的詩。

撒旦帶著鐵鎚到我靈魂的門口
我的人生因此跌入最陰暗的洞口
撒旦舉起長長的鐵鎚慢慢打擊我
我因此枯萎消失，直到無人看得見我
然而撒旦把我錘煉成一面金牌

一面用來榮耀上帝之愛的金牌
金牌閃閃發亮的光芒
讓我得到上帝救贖，散發永恆的光芒

費歐娜靜靜聆聽著，等待亞當繼續往下讀，但是亞當放下了活頁紙，又將身體往後靠向枕頭，眼睛看向天花板。

「克洛斯比先生是我們的長老，他對我說：『如果真的發生了最壞的結果，那麼，最壞的結果將會對所有人產生最好的影響。』等他離開後，我就寫下了這首詩。」

「他居然對你說這種話？」費歐娜低聲喃喃自語。

「因為最壞的結果會讓我們教會充滿愛的力量。」

費歐娜替亞當的詩做出總結：「好，你認為撒旦帶著鐵鎚來打擊你，沒有任何理由。他把你的靈魂錘打成金牌，用來反映上帝對所有人的慈愛。因為這個緣故，你的靈魂將會得到救贖，所以就算你死了也無所謂。」

「法官大人，你的解讀非常正確。」這個少年幾乎興奮得大叫，但是又不得不停下來調整呼吸。

「我覺得護士小姐都不了解我的詩，除了唐娜之外。唐娜就是剛才進來病房的那位護士。克洛斯比先生說，他會試著把這首詩刊登在《守望台》雜誌。」亞當又說。

「這真是太好了。你將來可能會成為一位詩人。」

亞當明白費歐娜的暗示，輕輕笑了起來。

「你父母覺得你寫的詩如何？」

「我媽媽很愛我的詩，我爸爸覺得我寫得還不錯，但是他說我應該好好休養身體，不該浪費力氣寫詩。」亞當再次側過身子，面對著費歐娜。「法官大人覺得這首詩如何？我把這首詩取名為〈鐵鎚〉。」

亞當的表情顯露出一種渴望，期盼費歐娜認同他的創作，因此讓費歐娜遲疑了片刻。她對亞當說：「我覺得這首詩已經展現出你寫詩的才華，雖然只是初試啼聲，但你肯定有寫詩的天分，將來必然大放異彩。」

亞當依舊看著費歐娜，臉上的表情沒有任何變化。他等著費歐娜多說些評論。費歐娜原本以為自己很清楚到醫院走這一趟的目的，但此刻她卻感到腦袋一片空白。她不想讓這個男孩失望，但是她並不擅長於評論新詩。

「你真的這樣認為嗎？」亞當問。

費歐娜答不上來，起碼她一下子沒有辦法給亞當答案。如果這時候唐娜又回病房來摸摸儀器、看看病人，費歐娜會非常感激，因為這麼一來，她就可走到緊閉的窗戶旁，望向外面的旺茲沃斯公園，思索應該怎麼回答亞當。但是護士巡房的時間還要再等十五分鐘，費歐娜只好希望自己開口時可以靈光乍現，讓她突然知道該說什麼才好。這種感覺好像重返學生時代，她回答老師問題時總是邊說邊想，而且大部分的時候都能順利過關。

「我喜歡這首詩的形式與架構，兩段式的寫作方式，顯得平衡又有力，尤其每段的最後一句，就是『直到無人看得見我』和『散發永恆的光芒』，第二段的正面能量壓倒第一段的無奈脆弱，我覺得很棒。另外，『撒旦舉起……』」

「『撒旦舉起長長的鐵鎚慢慢打擊我。』」亞當接著說。

「嗯，『撒旦舉起長長的鐵鎚慢慢打擊我』這句寫得很好，簡單扼要，很多寫得非常出色的短詩都是以簡單扼要的風格獲得好評。」費歐娜一面說著，一面漸漸變得比較篤定。「總之，我想你這首詩是希望告訴大家，儘管面對逆境、身處最危難的時刻，還是會有美好的事情發生。這是不是你想要表達的心境？」

「是的。」

「我認為不一定只有篤信上帝的人才會明白或喜歡這首詩。」費歐娜補充。

亞當沉思了一會兒，說：「我覺得只有相信上帝的人才會懂這首詩。」

費歐娜問：「你覺得沒有受過苦的人，就無法成為出色的詩人？」

「我覺得偉大的詩人必須經歷過人生的磨難。」

「我懂你的意思。」

費歐娜假裝要摺起袖口，偷偷瞄了手表一眼，不讓亞當發現她在偷看時間。她差不多該回法庭去了。

但是亞當發現了費歐娜偷看手表的舉動。「先別急著走。」他虛弱地說：「等我的晚餐送來之後再離開。」

「好的，亞當，告訴我，你的父母親有什麼想法？」

「我母親比較能接受，因為她向來是個逆來順受的女性，您懂我的意思嗎？她順從上帝的安排，而且她非常實際，不僅負責安排各項事宜、與醫生討論我的病情，還替我爭取到這間比較寬敞的病房，並借了一把小提琴讓我練習。但是我父親幾乎被這件事情擊倒，因為他向來只懂那些推土機與施工方面的事。」

「那麼，關於拒絕輸血這件事呢？」

「什麼？」

「關於拒絕輸血這件事，你父母跟你說了些什麼？」

「沒有說什麼，因為我們都知道怎麼做才是正確的。」

亞當說這句話的時候，雙眼直視著費歐娜，語調中並沒有特別想要挑戰的意味，因此費歐娜完全相信他心裡的信念。亞當和他的父母，還有耶和華見證人以及他們教會的長老，所有人都知道怎麼做才是對他們最正確的。她有種不太舒服的暈眩感，覺得自己彷彿被掏空了，所有重要的一切都已消失殆盡。她突然有一種不好的想法——無論這個男孩子是生是死，她已經完全無所謂了，反正什麼都不會改變。男孩的父母會感到深深的傷悲，也許還會有痛苦的悔恨，當然還有美好的回憶，然後日子會繼續下去。傷悲、悔恨與美好的回憶這三件事，都將隨著深愛亞當的人年邁逝去而愈來愈薄弱，直到完全沒有任何意義。各種宗教和道德體系，包括她自己所深信的宗教與道德觀，都像是從遠處觀看萬里迷霧中的整列山峰，無法看出哪一座山巔最高、最偉大，或者最真實，因此根本沒有必要擅加論斷。

費歐娜搖搖頭，試圖擺脫這種想法。她準備提出剛才因為唐娜進入病房而未能詢問亞當的問題。當她準備開口時，心裡才覺得舒坦了一些。

「你為什麼不肯接受輸血？你父親在法庭上以宗教信仰的理由解釋過一次，但是我想聽你親口說出你自己的想法。」

「因為接受輸血是不對的。」

「繼續說下去。」

「上帝說，接受輸血是不對的。」

「為什麼不對？」

「為什麼不對的事情是不對的？因為我們知道它們是不對的，例如施虐、謀殺、說謊、偷竊。就算我們施虐的對象是無惡不作的壞人，目的在取得幫助我們行善的資訊，這種行為還是不對的。我們知道施虐是不對的，因為上帝已經告訴我們，就算……」

「輸血和施虐一樣嗎？」

坐在角落裡的瑪莉娜動了動身子。說話上氣不接下氣的亞當，開始說明他的信仰理念。

「輸血和施虐只有一個共同點，那就是這兩種行為都是不對的，而且我們都謹記在心。」亞當引述《利未記》和《使徒行傳》的內容，表示血液是最寶貴的東西。根據上帝的話語，我們不得污染血液。亞當的身子往前微傾，就像是一個班級中最聰明機伶的學生，或是學校辯論賽裡的明星辯士。他紫黑色的雙眼閃耀著光采，彷彿他口中說出的話語感動了自己。費歐娜記得亞當的父親也曾提到許多相同的詞彙，但是亞當說話的模樣，宛如他自己就是這項事實的發現者，甚至是這項教義的創立者，而非遵循者。費歐娜覺得亞當彷佛在對她布道，他的話語中充滿誠摯與熱情。亞當把自己當成是耶和華見證人的發言人，無論他自己或他的教會，都希望能依照不言自明的真理過日子，不願被外界人士打擾。

費歐娜專心聆聽，同時專注地看著亞當的雙眼，不時點點頭。當亞當自然地暫停下來，費歐娜站起身說：「亞當，讓我們弄清楚，你明白會是我獨自決定什麼方式對你最好。如果我最後裁決醫院可以違反你的意願替你輸血，你會有什麼感覺？」

亞當坐直了身子，用力地喘著氣。他聽見費歐娜這個問題時，臉上的表情微微垮了下來，但還是強撐起笑臉。「我會覺得法官大人是一個愛管別人閒事的囉嗦鬼。」

亞當態度的轉變出乎費歐娜的預料，她沒想到亞當的反應竟然如此雲淡風輕，似乎不太合理。亞當也發現了費歐娜吃驚的表情，於是兩個人都笑了出來。正在整理包包和筆記本的瑪莉娜，則一臉困惑地看著他們。

費歐娜又看了看手表，這次是光明正大地看。她對亞當說：「我想你已經表達得很清楚，你確實知道自己在做什麼，而且也已經下定決心了，就像任何一個意志堅決的人。」

亞當表情嚴肅地說：「謝謝。今晚我會告訴我父母你說的這句話。但是請你先別離開，我的晚餐還沒送來。我再讀一首詩給您聽，好不好？」

「亞當，我必須回法院了。」不過費歐娜也希望可以改變話題，不要再談亞當的病情。她看見亞當的病床上放著一隻琴弓，琴弓半隱沒於陰暗中。

「來，在我離開之前，用你的小提琴拉一首曲子給我聽。」

小提琴琴盒放在床底下的地板上，就在置物櫃旁邊。費歐娜把琴盒從床底下拿出來，放在亞當的腿上。

「這把小提琴是學校讓初學者練習用的琴。」亞當告訴費歐娜，但是他拿出小提琴時還是小心翼翼，絲毫不敢馬虎。他先把琴拿給費歐娜欣賞。這把小提琴的琴身有深棕色木條勾邊，上面還有雕工細緻的黑色螺旋花紋，兩人皆對之讚美不已。

費歐娜把手放在上了漆的小提琴琴身，亞當也把手伸過去，放在費歐娜的手旁。費歐娜說：「小提琴真是一種美麗的樂器，它的形狀總讓我聯想到人類的身體。」

亞當伸手從置物櫃拿出樂譜。費歐娜本來並不是真的打算要亞當演奏一曲，但是她實在無法拒絕他，因為他的病痛與純真的渴望，讓費歐娜不忍心潑他冷水。

「到今天為止，我正好學滿四星期，而且已經會拉十首曲子。」看亞當如此得意洋洋，費歐娜更不可能不讓他好好表現。亞當急躁地翻閱著樂譜，費歐娜則看了瑪莉娜一眼，聳聳肩膀。

「但這首曲子是目前我學過最困難的一首，有兩個升記號，D大調。」

費歐娜從她的位置看著上下顛倒的樂譜，然後說：「也許是B小調喔。」

亞當沒有聽見費歐娜說的話，他已經坐直身子，用下巴夾著小提琴。他沒有先調整弦音，就直接開始演奏。費歐娜很熟悉這首曲子，這首悲傷而優美的曲子，是愛爾蘭的傳統歌謠〈走過散柳花園〉（Down By The Salley Gardens），由班傑明．布瑞頓譜曲，詞則是葉慈的詩句，費歐娜不僅曾經和馬克．伯納一起表演過，而且深受大家的喜愛。亞當演奏得有點粗糙，少了抑揚頓挫，還拉錯了兩、三個音符，但是從音調中可以聽出他投入的情感。這首曲子憂傷的旋律在亞當的演奏下，情感生澀但蘊藏著希望，讓費歐娜開始慢慢進一步了解這個少年。葉慈這首表達哀悼之情的作品，費歐娜早已銘記在心，「但是我當時年少無知……」亞當的演奏撩亂了費歐娜的思緒，也讓她心裡萌生困惑。毫無理由開始學習拉小提琴或演奏任何一種新樂器，都是希望活下去的證明。亞當仍渴望迎向未來的人生。

亞當演奏完畢後，費歐娜和瑪莉娜都給了他熱烈的掌聲，床上的亞當則以奇怪的姿勢向兩位聽眾鞠躬。

「真了不起！」

「演奏得太精采了！」

「只練四星期就這麼棒，真不簡單！」

費歐娜為了不讓自己真情流露，連忙又補了一句技術性的評語：「記得，這首曲子的C調要升半音。」

「哦！對耶！一下子要記住太多東西了。」

然後，費歐娜提出了一個建議，一個她自己從來沒想過會提出的建議。這項建議可能會破壞她的權威，但是在這樣的情境、這樣的病房裡，一切彷彿與世隔絕，籠罩於永恆的黃昏中，她的建議也許可以鼓舞一顆準備放棄生命的心。更重要的是，亞當的演奏深深打動了費歐娜。亞當剛才竭盡全力地演奏，他所製造的粗糙樂音，誠實地表現出他對生命的嚮往，讓費歐娜衝動地想給亞當一個建議。

「再演奏一次。這一次，你拉琴，我跟著唱。」

瑪莉娜站了起來，她皺皺眉頭，不確定自己是不是應該打斷費歐娜和亞當。

亞當說：「我不知道這首曲子有歌詞。」

「有的，歌詞是兩段美麗的詩。」

費歐娜向來對自己的歌聲充滿自信，只不過，從格雷律師學院畢業後，也離開了學校的合唱團，之後就沒有什麼可以表現的機會。她很開心自己仍然可以輕鬆唱出高音。這一次，亞當記得將C調升了半音。第一段，費歐娜和亞當還在磨合，甚至配合得有點勉強，但是到了第二段，他們的眼神交會，完全忘了瑪莉娜也在病房裡。瑪莉娜站在病房門邊，表情十分驚訝。費歐娜唱得愈來愈大聲，亞當笨拙的琴音也聽起來更加大膽自在，他們完全融入了這首傳統輓歌的憂鬱靈魂中。

我和我的情人，佇立在河畔的田野上。
她那雪白的手，搭在我微斜的肩膀。
她勸我要放輕鬆，像小草在水壩上自在地生長。
但是我當時年少無知，如今只能淚濕衣裳。

當他們表演完這首曲子時，身穿棕色夾克的小夥子又推著餐車走進了病房，餐盤上的不鏽鋼蓋發出悅耳的叮叮噹噹聲。瑪莉娜走出病房，在護理站等待費歐娜。

亞當說：「『搭在我微斜的肩膀』，寫得真好，是不是？您再唱一次，好嗎？」

費歐娜搖搖頭，並且從亞當手中取過小提琴，放回到琴盒裡。「『她勸我要放輕鬆。』」費歐娜也對亞當引述這首詩裡的句子。

「請你再多留一會兒，拜託。」

「亞當，我真的必須回法院去了。」

「不然，可不可以給我你的電子郵件信箱？」

「我是高等法院的費歐娜·梅伊法官，辦公室在河濱大道。有事的時候，你可以在高等法院找得到我。」

費歐娜將手輕放在亞當纖細的手腕上，她實在不忍再聽見亞當的懇求，因此便直接往門外走去，沒有回頭多看一眼，也沒有回答虛弱的亞當在她身後提出的問題。

「你會再回來看我嗎？」

從醫院返回法院的交通相當順暢，費歐娜和瑪莉娜兩人在短暫的車程中沒有交談。瑪莉娜打了一通電話給她的丈夫和孩子，費歐娜則低頭寫著稍後要進行裁決的筆記。費歐娜從大門進入法院，直接走回辦公室。奈吉．鮑林正等著向她報告，明天要到上訴法庭的相關事宜都已經安排好了，如果有任何變化，只要提前一小時通知對方即可。此外，今晚開庭的房間，已經改為一間大得可以容納所有媒體記者的法庭。

費歐娜走進法庭時，已經是晚上九點十五分了。法庭裡安靜下來後，費歐娜可以感受到守候多時的記者已經有點不耐煩。對於報紙記者而言，在這個時間點發布的新聞只會徒增作業上的困擾。最好的情況，就是費歐娜的判決簡短又清楚，方便在最後時刻塞入這則小新聞。三方當事人的律師以及瑪莉娜・格林都已經在費歐娜面前就定位，彼此之間的距離相當靠近。亨利先生獨自一人躲在他的律師身後，亨利太太則不見人影。

費歐娜一坐下，便立刻發表她例行性的開場白。

「這個案子的原告是伊迪絲・卡維爾醫院，希望法庭能授予他們合法的權利，替一位名叫少年A的病患進行輸血。醫院方面認為替少年A進行輸血是合理且必要的醫療行為，但這麼做將違反少年A的意願，因此希望法庭能夠以特別命令授權讓醫院替少年A輸血。醫院是在四十八小時前單方面提出的申請，而我是值班法官，因此由我審理這個案件。我同意醫院善盡他們的本分，因此接受了醫院的緊急申請。主治醫師告訴我，如果明天之前還不能做出裁決，少年A就有生命危險。『兒童與家庭訴訟諮商服務』的社工人員瑪莉娜・格林剛才陪我去醫院探視了少年A，我們現在剛回到法院。我和少年A談了一個小時，一眼就看得出他病得極重，然而他的智力並未受損，能對我明確地表達他的希望。這個案子攸關一名少年的生死，所以我必須在星期二晚上的此刻立即做出裁決。」

費歐娜一一感謝與本案相關的醫護人員、律師、瑪莉娜・格林以及伊迪絲・卡維爾醫院，感謝他們提供協助，讓她能夠快速審理這個難度相當高的案件。

「病患的雙親基於宗教信仰的理由反對醫院進行輸血，他們表達信念的態度既平靜又堅決。病患本身同樣也抱持拒絕接受輸血的立場，他對於自己宗教信仰的教條有著充分的認知，而且這名少年就他的年齡而言，心智方面與表達能力都相當成熟。」

費歐娜接著開始描述少年A的病史，包括白血病的病徵，以及醫院替他施行之受醫界認可並具有出色療效的治療方式。然而，病患所服用的兩種藥物，通常會導致貧血，因此病患必須接受輸血。費歐娜簡要地描述醫生提供的相關證據，尤其著墨於血紅蛋白數值的下降。這種情況如果不加以改善，將有不堪設想的後果。費歐娜已經親眼見證少年A有明顯的呼吸困難症狀。

關於伊迪絲．卡維爾醫院的申請，被告提出三項抗辯。首先，少年A再過三個月就年滿十八歲。其次，他擁有過人的智慧，充分理解自己的決定會造成什麼樣的結果，因此符合「吉利克能力」的要件；換句話說，少年A的決定應該視為與成年人具同等效力。拒絕接受醫療行為是一種基本人權，因此法庭最適當的作法，應該是不予介入干涉。第三，少年A的宗教信仰發自內心，因此應該受到尊重。

費歐娜依序說完這些之後，便向少年A雙親的委任律師表達謝意，是他陳述的意見讓費歐娜想起一九六九年家事改革法案第八章有相關的規定：「年滿十六歲之人對於接受醫療行為的意願，應視為與成年人具有同等效力。」她接著又說明「吉利克能力」的條件，並引述斯卡曼大法官的判決意見。但費歐娜表示，前述規定與本案當事人的情況其實並不相同：一個是具有法定能力的十六歲孩子願意接受某種醫療行為，但是其雙親反對；另一個則是未滿十八歲的孩子拒絕接受攸關性命的醫療行為。因此裁決的關鍵，在於根據今晚她所獲悉的資訊，是否能讓她認定少年A有能力主張法院應尊重他與他父母的意願。

「毫無疑問，少年A是一個相當出色的孩子。我甚至認為，今晚醫院裡某位護士所說的沒錯：他是一個人見人愛的好孩子。我想他的父母親一定會同意這句話。就一個十七歲的男孩而言，他的頭腦相當聰穎，但是我覺得他並非真的了解不接受輸血會有多麼嚴重的後果，他也並非真的明白他的病痛與無助感接下來會有多麼可怕。事實上，他對於『受苦』這件事懷有一種浪漫的想像。然而……」

費歐娜沒有把話說完。當她低頭看著自己的筆記本時，法庭裡的氣氛顯得更為凝結。

「然而，少年A能不能完全理解拒絕輸血的後果，並不影響我最後的決定。相反地，我採取了亞倫．沃德法官在一九九三年的判決意見，在那個案件中，當事人同樣也是耶和華見證人的未成年信徒E。亞倫．沃德法官表示：『我的裁定取決於這個孩子能否得到安康的生活，而我必須決定E的福祉指涉什麼。』他的意見是以一九八九年兒童法的訓諭為依歸，該法令開宗明義指出：『每當法院裁定……與兒童教養相關之任何議題時……法院最重要的考量因素，應為該名兒童關係人之各項福祉。』我認為『福祉』的定義涵括『安康』與『利益』。我當然也會考量少年A的個人意願。他已經清楚地向我表明他不願接受輸血，一如他父親在法庭上所轉述的。根據舊約聖經裡的三段文字，少年A所信仰的宗教訂定了特定的教義，因此少年A拒絕接受輸血，即使輸血可能救他一命。」

「成年人可以拒絕接受醫療行為，這是一種基本權利。如果違反成年人的意願，強行對其進行醫療行為，將會觸犯刑法的侵犯人身罪。少年A即將成年，成年後就可以自行決定是否接受醫療救治。他準備為了自己的宗教信仰而死，以便彰顯他的信仰堅定深刻。他的父母親也準備為了他們的宗教信仰失去摯愛的兒子，只因為耶和華見證人的教條具有強大的規範力。」

費歐娜又停頓了一會兒，走廊上的每個人都等待著她再度開口。

「讓我產生懷疑的正是這種規範力。十七歲的少年A對於宗教和哲學這類混亂的領域其實一知半解。這個基督教教派並不鼓勵信徒在教會裡隨心所欲地公開辯論或反駁他們的中心教義。如果哪個教徒敢這麼做，會被教會指稱為「不是這圈裡的羊」[14]。因此我不認為少年A的決定乃完全出於自由意識。少年A從童年開始就持續活在這種觀念的強大陰影下，因此他絕對不能違反這項教義。如果我任憑少年A痛苦地死去、任憑他為了宗教信仰而成為殉道者，並不是維護他福祉的作法。耶和華見證人就像其他的宗教一樣，對於死後的世界有著清楚的見解，他們的末世論對於末世的預言，既堅定而且鉅細靡遺。本庭不清楚到底有沒有所謂的來世，但是不管有或沒有，少年A總有一天會知道。此外，如果少年A能夠康復，他的福祉就是他將能夠盡情創作新詩、演奏小提琴、發展他的聰明才智、表現他淘氣又充滿熱情的天性，以及讓他繼續開創未來的人生。簡而言之，我認為少年A、他的雙親以及教會長老所做的決定有損這孩子的福祉，而孩子的福祉是本庭最重要的考慮因素，因此本庭必須保護這個孩子，不讓他為了宗教信仰而殉道。」

「這不是一件容易解決的案子。我考量了少年A的年齡、宗教信仰，以及每個人拒絕接受醫療行為的權利與尊嚴。我的看法是，這個男孩的生命非常珍貴，法庭應該暫時拋開他的自尊，以救命為優先。」

「因此，我將駁回少年A與他父母拒絕接受輸血的期望。我宣告我的決定如下：第一被告與第二被告，即少年A的雙親，第三被告，即少年A本人，本庭將不受理以上三人拒絕接受輸血的意思表示。我同意讓原告，即醫院，為少年A進行必要的醫療救治行為，包括輸血治療。」

將近晚上十一點，費歐娜才從法院離開，準備走路回家。法院的大門在這個時間已經上鎖了，因此費歐娜沒有辦法穿過林肯律師學院回家。在轉入大法官法庭巷之前，她先沿著佛里特街走了一小段，到一間二十四小時營業的便利商店買東西吃。明天亞當就要接受輸血了，雖然今晚的判決冷酷而嚴峻，費歐娜卻覺得相當輕鬆，也許是因為她已經兩天沒有好好用餐了。在狹小而燈光過亮的便利商店裡，陳列架上放著各種吸睛的紅色、紫色以及黃色包裝即食商品，

---

14 原文為「the other sheep」，引用《約翰福音》第十章第十六節。

視覺的刺激讓費歐娜的脈搏加速跳動。她買了冷凍魚派，並挑選了幾種水果。結帳時，她摸索口袋裡的鈔票，不小心掉了一些銅板在地板上。站在結帳櫃台的年輕亞裔店員，俐落地用腳擋住滾動的銅板，然後面帶微笑地把銅板交還到費歐娜手中。費歐娜試圖從這名店員的眼中來看她自己：一個神情疲憊的女人，身上穿著他不熟悉的名牌外套，看起來就是那種獨自居住，一個人用餐，和這個社會脫節而且沒有什麼社交能力，只會在深夜出沒的人，但是不具傷害性。

她一面哼著〈走過散柳花園〉，一面沿著高霍爾本區走著。購物袋裡裝著水果和她的晚餐，沉甸甸的袋子在搖晃時會輕輕觸及她的大腿，帶給她一種有伴的安心感。冷凍魚派在微波爐裡加熱時，她可以先簡單盥洗一下，吃飽後就可以直接睡覺休息。她打算穿著睡袍，在電視機前一邊享用晚餐、一邊收看夜間新聞，今晚不會再有讓她輾轉難眠的心事，也不會有讓她驚醒的噩夢。明天要處理的是一對名人夫妻的離婚案件，男方是知名吉他手，女方是擅長演唱催淚情歌的小牌歌星，女方聘請了一位相當出色的律師，打算分走吉他手兩千七百萬英鎊身家的大部分財產。雖然話題性比不上今天的案子，但是記者同樣興致勃勃，法庭也會同樣以嚴肅的態度加以審理。

費歐娜走進格雷律師學院廣場，她熟悉的避難所。每次走回這個地方，費歐娜的心情總會變得比較輕鬆，因為隨著她的步伐在樹下輕快移動，城市的喧囂聲也逐漸離她遠去。這個社區帶點歷史性的象徵，住在這座城堡裡的全都是律師與法官，但他們同時也身兼音樂家、品酒家、寫作家、釣客和演說家的身分。這些人雖具備專業知識，但也藏著說不完的八卦。就算法蘭西斯·培根的鬼魂經常出沒在這兒美麗的花園，費歐娜也還是喜歡這個地方，從來沒有想過要離開。

費歐娜走入她住的大樓，注意到電燈的定時開關開著。她走上二樓，一如往常聽見樓梯第四階和第七階發出吱吱聲響。當她踏上最後幾階時，眼前所見的一切讓她立刻明白電燈為什麼亮著。她的丈夫就站在門口。傑克應該是才剛剛站起身的，他手裡拿著一本書，行李箱靠在他身後的牆邊，充當他的臨時座椅。他的外套放在公事包旁邊的地板上，公事包的拉鍊開著，文件從公事包裡散落出來。他被鎖在門外，所以只好在門口一邊等待費歐娜回家，一邊處理公事。他的樣子看起來有點狼狽，而且一肚子怒火。這是當然的，他被鎖在門外等了那麼長的時間。他帶著行李箱回來，顯然並不是為了拿一些乾淨的襯衫或書本才回來的。費歐娜立刻萌生一個陰沉而自私的念頭——她剛才買的一人份晚餐，現在是不是必須分一半給傑克呢？然後，她確定自己並不想跟傑克共享晚餐，他要吃的話，整份都給他，她寧可餓肚子。

費歐娜走上最後幾階樓梯，到了二樓，然後一言不發地從包包裡拿出鑰匙，新的鑰匙，繞過傑克的身旁走到門口。應該要先開口的人是傑克，不是她。

傑克的口氣很不高興。「我已經打了一整晚的電話給你。」

費歐娜將門打開，頭也不回地走進屋內，直接往廚房去，把剛才買的東西往餐桌上一丟，然後呆立於桌前。她的心臟跳動得十分劇烈。傑克把行李箱拖進屋內時，她聽到他那暴躁的呼吸聲。如果稍後兩人要起正面衝突，廚房的空間太過狹小，而且她並不想和傑克吵架，起碼現在不想。於是她拿著公事包，快步走向客廳，來到她習慣仰臥的躺椅。她拿出一些文件，攤放於躺椅四周，作為某種形式的保護。如果少了這層保護，她不知道應該如何應付這種場面。

傑克拖著行李箱，沿著走廊進入他們的臥室。這個舉動看在費歐娜眼中充滿了宣戰的意味，是對費歐娜的一種侮辱。但她還是順從自己的習慣，脫掉了鞋子，從攤放在地上的資料中隨機拿起一張文件。那個吉他手在西班牙的馬貝拉有一棟裝潢華麗的別墅，催淚情歌歌手希望將這間別墅占為己有，但這棟不動產是吉他手結婚之前就取得的資產，是他前妻給他的，代價是要他搬出他們位於倫敦市中心的家。至於他的前妻，則是與第一任丈夫離婚時取得了這間別墅。這些資訊根本無關緊要，費歐娜忍不住這麼想。

聽見木頭地板發出的吱吱聲響，費歐娜抬起頭來，看見準備去倒酒的傑克站在客廳門口。他穿著牛仔褲和白襯衫，襯衫的鈕釦沒扣上，刻意露出胸膛。難道他以為這個時候還應該賣弄性感？費歐娜注意到傑克沒刮鬍子，即使隔著客廳的距離，她還是可以清楚看見他灰白夾雜的鬍碴。太可悲了，他們兩人都太可悲了。他替自己倒了一杯威士忌，然後對著她高舉酒瓶，示意是否需要順便也替她倒一杯。她搖搖頭。傑克聳聳肩，走進客廳來到他的座椅旁。她是個掃興的女人，總是搞不清楚什麼場合該做什麼樣的事。他坐了下來，同時發出自在舒暢的聲息。他坐在他的椅子上，她也坐在她的椅子上，兩人彷彿又回到以前的婚姻生活。費歐娜低頭讀著她手中的資料，吉他手的妻子描述她丈夫心目中的理想世界，但是費歐娜根本一個字都讀不進去。他喝著酒，屋子裡一片寂靜。費歐娜的視線看著客廳外頭，但沒有聚焦於任何特定物品。

然後傑克說：「聽著，費歐娜，我愛你。」

費歐娜沒有回答。過了幾秒鐘，她才說：「我希望你去睡客房。」

他低頭默示同意。「我等一下會把行李箱從主臥室拖出來。」

傑克沒有馬上站起來。他們兩人都知道彼此有話沒說出來，而那些未說出口的話語，正以一種看不見的形式環繞他們身邊打轉。費歐娜沒有要求傑克滾出去，反而默示他可以留下來過夜。傑克也沒有告訴費歐娜，到底是統計學家甩了他，還是他良心發現，或者他已經嘗夠了放縱的滋味，驚覺狂喜之後只剩狂悲。沒有人提到家裡換了新門鎖的事，傑克心裡可能對費歐娜的晚歸有所懷疑，而費歐娜根本不想多看傑克一眼。現在他們兩人其實需要大吵一架，把這些日子以來的舊帳全部翻出來算清楚。吵架過程中可能會有一些離題的惡言相向，傑克悔改道歉時，也可能會順便夾雜著抱怨，費歐娜則可能要等到好幾個月之後才會准許傑克回到主臥室睡覺。第三者的陰影，也可能將永遠存在於他們之間。但是他們終究會找到重拾舊情的方法，也許破鏡仍有裂痕，但起碼能夠回到他們曾經擁有的過往。

然而，一旦考量自己可能必須付出的努力以及過程，就讓費歐娜心生厭倦。但是她必須和傑克重修舊好，那種感覺就好比她替別人撰寫無趣但必要的法律手冊，因為已經簽了約，她有義務要寫完。費歐娜很想喝一杯酒，但又覺得這時候喝酒會被傑克誤解為她想慶祝兩人破鏡重圓。她目前根本不想與傑克和解，別的不說，光聽見傑克說他還愛著她，就讓她無法忍受。她想要自己一個人睡，獨自躺在黑暗中，也許一面吃著水果，任憑果皮果核掉落在地板上，然後舒舒服服地沉沉睡去。對，她就是要這麼做。於是費歐娜站了起來，把文件收拾好，準備回房間去。這個時候，傑克突然開口了。

他一開口就滔滔不絕，聽起來既像是道歉，又像是為自己的行為辯解，其中一部分，費歐娜以前就已經聽過了：他的生命有限，以及他對外遇無法自制的好奇心。那天晚上他離開家，一抵達梅蘭妮的住處，就明白自己犯了大錯。對他而言，梅蘭妮還是一個陌生人，他還不夠認識她，所以他和梅蘭妮走進她的臥室時……

費歐娜舉起手，警告傑克不要再往下說。她不想聽見他們在臥室裡做了什麼。他停了片刻，思考了一會兒，然後又繼續說下去。他已經明白自己是個傻瓜，才會被性慾牽著鼻子走，那天晚上梅蘭妮開門時，他應該馬上轉身離開，但是他覺得有點尷尬，好像自己有義務走進屋內。

費歐娜手裡抓著公事包，放在腹部前方，她站在屋子中央看著傑克，想知道自己應該如何阻止他。讓她驚訝的是，即使是現在這種夫妻倆準備大吵一架的場面，她的腦海中依舊迴盪著〈走過散柳花園〉那首愛爾蘭民謠，並且隨傑克的說話速度而加快節奏，聽起來機械化並帶點喜慶的感覺，彷彿街頭藝人在馬路旁的手風琴表演。她此刻的感覺十分複雜，夾帶著疲憊感。只要傑克不停訴說哀怨的話語，她就無法釐清自身真實的感受。費歐娜覺得自己其實沒有那麼怨恨傑克，但她還不想馬上原諒他。

「沒錯。」事實上，傑克才抵達梅蘭妮的公寓，就開始因為自己的愚蠢而懊悔不已。「我愈覺得自己被困住，愈覺得自己像個白痴，竟然甘願冒險，不顧可能失去我們擁有的一切、我們共創的一切，這種愛情是……」

「我今天很累。」費歐娜一面說，一面走出客廳。「我會把你的行李箱放在走廊上。」

她到廚房桌上拿了一顆蘋果和一根香蕉，是她剛才買回來的。她拿著水果走回主臥室，突然想起下班時走路回家那種開心的感覺，她那時正開始覺得比較放鬆，但現在很難重現當時的感受。她推開主臥室的房門，看見傑克的滾輪行李箱整整齊齊地立在床邊。這時她才清楚感受到自己對於傑克回家來有什麼樣的情緒反應：傑克離家出走還不夠久，讓她感到相當失望，如果再多幾天也好。就這麼簡單，如此而已。費歐娜只覺得相當失望。

第四章

二〇一二年夏季的尾聲，英國這片土地上好像有特別多對怨偶仳離，宛如春浪襲來，沖走人們的家園與夢想。沒有本事求生的人，就會溺死在這波洪流中。但這只是費歐娜自己的感覺，並沒有任何相關數據佐證。當年的真愛誓言，如今被改寫或徹底推翻；曾是神仙眷侶，如今各懷心機，不計代價地對簿公堂；當年沒人重視的小擺飾，如今雙方爭得你死我活；過去對彼此完全信任，現在凡事都必須透過謹慎的「安排」。在離婚官司的當事人心中，婚姻的歷史已經面目全非，回首來時路，一切都像是厄運纏身，最初的愛情只是一時迷惑。至於孩子呢？孩子就像當事人兩相對峙的戰爭，母親可能拿孩子當談判的籌碼，指責父親在金錢或情感上未能善盡責任。孩子也是當事人推託責任的藉口，無論內容是否屬實，通常是母親批判父親苛刻對待無辜的孩子，有時候則是父親批判母親。在共同扶養的協議下，無所適從的孩子每個星期在父親和母親家輪流居住，因此一天到晚忘了拿外套或鉛筆盒，然後這種小事又被律師拿來大做文章，讓失職的父親變成一個月只能見到孩子一、兩次，甚至再也見不到。不過，積極果決的男性往往會馬上另覓一段婚姻關係，生育新的下一代。

談到財產分配時，雙方當事人的話總是半假半真，充滿詭辯。這是一場貪婪的夫妻你爭我奪的戰爭，彼此使出的戰略，就像戰爭結束後的敵對國家，在撤離戰場前急著從廢墟裡搶奪戰利品。丈夫隱瞞妻子自己存在海外賬戶的資金，妻子則要求今生足以安逸度日的贍養費。儘管法院已經判定夫妻雙方共享監護權，母親還是千方百計阻止孩子與父親見面；儘管法院已經判定父親必須支付孩子的生活所需，丈夫還是故意能拖就拖。有些案例是丈夫毆打妻小，有些案例是妻子滿口謊言、心存惡念，還有些案例是其中一方或雙方都酗酒或嗑藥，或者精神狀況有問題。孩子被迫照顧不適任的父母親，或是遭受父母的虐待，包括性虐待、精神虐待，或兩種情況皆有。他們受虐的證據，會播放在法庭的投影幕上。至於那些涉及刑事問題的虐童案，已經不在費歐娜的家事法庭管轄範圍內。那些孩童可能受到折磨、挨餓、遭到虐打致死。經常聽聞有些個性陰森的年輕繼父，為了進行「萬物有靈」的驅魔儀式，打斷稚齡幼童的骨頭，而愚昧的母親竟然只在一旁觀看。藥物、酒精、骯髒的家庭環境、無視孩童哭叫的冷漠鄰居，全都脫不了關係。而社工人員也因為過於大意或分身乏術，未能及時出面干預。

費歐娜在家事法庭的司法工作持續進行著，而且她一直被分配到婚姻破裂的案件，這種純粹的巧合讓費歐娜心裡充滿了衝突感。雖然家事法庭的法官沒有什麼機會把人送進監獄，但每當費歐娜空閒下來時，就會覺得自己其實應該把那些不適任的父母送去坐牢，以免他們繼續傷害無辜的孩子。那些為了年輕女子而拋棄糟糠之妻的丈夫，為了富裕或風趣男人而甩掉丈夫的妻子，為了新穎環境、新奇性愛、新鮮戀情、新世界、新開始而拋棄家庭的貪歡男女，全都應該進監獄去。但這些只是費歐娜的道德感作祟。費歐娜沒有子女的事實，加上與傑克的婚姻瀕臨破裂，都加深了她想把那些破壞家庭的人送去坐牢的怨念，但她當然不可能真的這麼做。費歐娜把這種想法深藏在心中一角，但不影響她的判決。操守嚴謹的費歐娜，最輕視那些毀了家庭還堅稱自己是善男信女的傢伙，在審視那些人的問題時，費歐娜就無暇想起自己沒有生育下一代的遺憾，最起碼也不會想起傑克為了嘗試新鮮的性愛而玷污了他們的婚姻。思考那些案件就像是一種可以淨化心靈的咒語，費歐娜當然樂於多多施咒。

傑克回家後，他們的居家生活平靜而緊張。他們還是會爭吵，唯有吵架的時候，費歐娜才能釋放出心裡的恨意。但是，經過十二小時之後，她的恨意又會像火熱的結婚誓言一樣重新燃燒，一切都無法改變，僵化的氣氛也不曾紓緩。費歐娜仍然覺得自己遭到背叛，傑克雖然向她道歉，但是道歉時又重複叨唸著抱怨的話，說費歐娜讓他覺得自己被孤立，因為她太過冷淡。某天深夜，傑克甚至還指責費歐娜是個「不有趣」的女人，說她「失去女性應有的本質」。在傑克的諸多批評中，這兩句話最讓費歐娜難過，因為她意識到這兩句話有其真實性。儘管如此，她的憤怒並未因此而減少一些。

起碼傑克已經不再口口聲聲說愛著她了。他們最近一次交流是十天前，內容一樣是重申他們以前說過的每一句話，同樣的指責，同樣的回應，同樣對彼此說話的用字遣詞斤斤計較，吵了不到一會兒，兩個人就疲憊不堪了。他們厭倦對方，也自我厭惡。從那天以後，費歐娜和傑克就不曾再交談。他們過自己的日子，在這座城市裡各自忙著工作。等他們回到家中這個封閉空間，就巧妙避開與對方打照面的機會，如同兩個跳土風舞的舞者，適時調整舞姿，以免彼此碰撞。至於閃躲不掉的家務事，費歐娜和傑克也熟練地以禮貌又帶點競爭意味的方式完成。他們絕不一起用餐，並選擇在不同的房間做自己的事，但仍免不了隔著牆壁留意對方的動態，無法完全專注於自己手邊的工作。他們婉拒所有的聯名邀約，甚至沒有彼此先行討論。費歐娜唯一的讓步，是給了傑克新門鎖的鑰匙。

從傑克避而不答而且悶悶不樂的反應，費歐娜猜想他和統計學家的發展可能不太順利，或許還吃了閉門羹，但這一點並無法讓費歐娜得到一絲安慰，因為傑克還是可能會繼續去找其他女人試試運氣，說不定他早就已經開始物色其他對象，而且這次他已經毋須因為得對婚姻信守承諾而覺得綁手綁腳了。如果他以「傳授地質學課程」作為搭訕女性的理由，可能會挺管用的。費歐娜突然想起，當初她信誓旦旦地表示，如果傑克敢去找梅蘭妮，自己一定會離開傑克，但她至今沒有採取任何行動，不僅因為她還沒有時間打開心結，而且也還拿不定主意。她不知道自己目前的情緒狀態適不適合做出決定。如果當初傑克離開得夠久，讓費歐娜有充裕的時間思考，她就可能做出明確的決定，以充滿建設性的方式結束婚姻或是挽救婚姻。基於上述理由，費歐娜目前只好一如往常地全心投入工作，並且想辦法讓自己適應每天必須與傑克共處一個屋簷下的生活模式。

費歐娜的姪女把兩個女兒送來和他們共度週末，幸虧有這對八歲的雙胞胎，才讓費歐娜與傑克相處模式變得輕鬆了些，而且由於他們兩人必須將注意力放在客人身上，家裡的空間似乎也因此變得寬敞一些。那兩個晚上，傑克就睡在客廳的沙發上，但是那對雙胞胎小姊妹也沒有多問什麼。她們是相當乖巧的小女生，非常守規矩，也很聽傑克和費歐娜的話，不過偶爾還是會有小爭吵。雖然兩個小女孩是雙胞胎，但還是可以輕易分辨出誰是誰。她們會在費歐娜閱讀的時候跑來找她，站在費歐娜面前，充滿信任地把手放在費歐娜的膝蓋上，並且告訴她一些她們自己編造、想像的奇幻故事。費歐娜會加入她們，和她們一起編故事。在週末那兩天裡，當費歐娜對著雙胞胎說故事時，她突然萌生一種對孩子的渴慕之情，而且這種情緒出現了兩次，還讓她不禁哽咽並濕潤了雙眼，她覺得自己又老又傻。此外，看見傑克和孩子們打成一片，也讓費歐娜忍不住遺憾又感慨。很久以前，傑克陪費歐娜哥哥的三個兒子玩耍時曾拉傷背部，這次傑克再度冒著可能拉傷的風險，陪兩個小女孩玩騎馬遊戲，讓她們開心地大叫。雙胞胎姊妹在自己家裡時，她們婚姻破裂的母親從來沒有讓她們玩過飛高高的遊戲。傑克還帶雙胞胎到花園去，教她們玩一種古怪的板球遊戲，是他自己發明的。他在她們睡前讀了一篇很長的床邊故事，並且運用充滿喜感的精力和變化多元的聲音表情，增添了故事的趣味性。

星期天晚上，雙胞胎小姊妹被她們的母親接回家之後，費歐娜和傑克的家彷彿又縮小了，氣氛也變回原本凝重的模樣。傑克沒有說一聲就出門了，顯然是一種不太友善的表現。費歐娜一面忙著整裡客房，以免自己的情緒低落，一面又忍不住猜測傑克八成是去約會了。她把填充布偶放回收納籃裡，並且把玻璃彈珠一顆顆收好，還把廢棄的圖畫紙從床底下掃出來。費歐娜心生一股淡淡的哀傷，一種突然襲來的鄉愁，因為她沒有生育子女。那股感傷一直持續到星期一的早晨，還膨脹成了一團憂鬱，跟著費歐娜一路走進辦公室，直到她在辦公桌前坐下，開始準備這星期的第一個案件，的感覺才漸漸消散。

鮑林不知道在什麼時候把信件拿過來了，因為費歐娜的手肘旁突然多了一疊信件。她在這疊信件最上方看見一個尺寸小於其他郵件的灰藍色信封，差一點就想叫鮑林替她拆閱這封信，因為她實在沒有心情閱讀那些文筆極差的謾罵信或是充斥暴力的威脅信。她轉頭繼續工作，但無法集中注意力。那個看起來不太真實的信封，上面有潦草的手寫字跡，沒有郵政區號，郵票也貼得歪歪扭扭——費歐娜看過太多這一類的信函了。但是，當她再看那個信封一眼時，信封上的郵戳突然勾起她的好奇心。她先把信封放在手中感受一下重量，然後才將它打開。費歐娜一看見信紙上所寫的稱呼，立刻得知她的猜測是正確的。過去一個星期以來，費歐娜其實多少有點期待這封信的到來。她聯絡過瑪莉娜·格林，得知亞當·亨利的健康狀況持續好轉，而且已經順利出院，在家裡自學，以便趕上之前落後的課業。也許再過幾個星期，亞當就可以回到學校上課。

三張灰藍色的信紙，頭兩張的正反兩面都寫滿了字，加上第三張，內容總共長達五頁。在第一頁的最上方，有一個以圓圈圈住的數字「七」，註記於日期的上端。

法官大人！

這已經是我寫給您的第七封信了，但是我只有寄出這一封。

下一段的頭幾個字被刪掉了。

這封信很簡短，我只是想要告訴您一件事。這件事對我很重要，因為它改變了我的一切。我很高興自己沒有把前面寫的那六封信寄給您，我不希望您看見那幾封信的內容，因為實在太令人害羞了！不過，那些信就算再怎麼糟糕，也比不上唐娜護士告訴我您的判決時，我任性亂罵您的髒話。因為我以為您會站在我的立場做決定，而且我記得當初您也對我說過，說您相信我知道自己在做什麼，我還因此對您說了謝謝。當羅德尼．卡特那個笨醫生和其他六名醫護人員帶著輸血器材走進病房時，我還在盛怒中。他們看我如此激動，原本還擔心我會反抗。但我的身體實在太虛弱了，就算怒氣沖沖，我也沒有力氣反抗。我知道您一定希望我配合醫護人員接受治療，所以我就乖乖伸出手，讓他們替我輸血。一想到別人的血液流進了我的身體，我就感到一陣噁心，當場在床上嘔吐起來。

不過，我剛才寫的這些，並不是我想要告訴您的事。我現在要寫的，才是我想讓您知道的事情。我母親無法忍受我被迫接受輸血，因此坐在病房外哭泣。聽見她的哭聲，讓我心裡非常難過。我不知道我父親是什麼時候走進病房的，我猜我八成昏迷了一會兒，當我清醒的時候，我的父母親已經站在我的病床旁，他們兩人都淚流滿面。看見他們落淚，讓我更加傷心，因為我們一家人違反了上帝的教誨。然而，片刻後我才恍然明白，我父母親的眼淚是喜悅的淚水。他們開心地擁抱我，也互相擁抱，並且一面啜泣，一面讚美上帝。我覺得很奇怪，思考了一、兩天都想不透我父母為什麼有那樣的反應，完全出乎我意料之外。最後，我想通了。無論上帝給你什麼，你就高興地收下。我以前不明白這句話的道理，現在我懂了。只要你聽上帝的話，就算你放掉手中的鳥兒，牠還是會回到你手裡。我的父母親一向遵循上帝的旨意，並且服膺長老的指示，他們只做上帝認為對的事情，因此絕對有資格進入天堂。因為您的判決，他們可以不必放任我病死，也不必被教會放逐——我接受了輸血，但非出於我父母或我個人的意願。教會可以責怪法官，責怪不信服上帝的司法體系，甚至責怪這個社會。這樣的結果讓我父母鬆了一口氣。他們保住了獨子的性命，儘管他們曾經堅持應該放任他死去。這個孩子就是再度返回他們手中的鳥兒。

我不明白事情怎麼會變成這樣，究竟是不是哪裡弄錯了呢？這件事對我而言是一個轉折點。請容我長話短說：當我父母親把我接回家之後，我就把聖經拿出房間。象徵性地將聖經的封面朝下，放在椅子上，並向父母宣告我從此再也不去王國聚會所。如果耶和華見證人因此將我逐出教會，那也無所謂。我和父母因此起了嚴重的口角，克洛斯比長老也來對我說些大道理，但是我心已決。我一連寫了幾封信給您，是因為我必須和您談一談，我必須聽一聽您平靜的聲音、我想知道您冷靜的頭腦如何看待這件事情。我覺得您比任何人都懂我，因為您的心中有一個美麗而深沉的世界，但我不確定那是一個怎麼樣的世界，您甚至沒有告訴我您的信仰是什麼。不過，我真的很高興您那天來探望我，並且坐在我的床邊，和我一起彈唱〈走過散柳花園〉。我到現在還是每天閱讀這一首詩。我喜歡「年少無知」的感覺，如果不是您救了我一命，我就沒有辦法享受年輕和無知了，因為我已經死了。我寫了很多封很愚蠢的信給您，告訴您我無時無刻都在想念您，而且非常希望能夠再見您一面，和您聊一聊。我甚至會做白日夢，想像不可能成真的美好幻夢，比方說我們一起搭船環遊世界，睡在相鄰的艙房，每天在甲板和艙房間來來去去，聊天聊個不停。

法官大人，能不能請您也寫封信給我，就算只有短短幾個字也好，讓我知道您已經收到這封信，而且不介意我寫信給您。

亞當・亨利　敬上

註：我忘了告訴您，我現在很健康，身體一天比一天強壯。

費歐娜沒有回信，應該說，她最後沒有把當晚花了一個小時寫的回信寄出去。她前前後後寫了四次，在最後一次重寫時，她覺得自己表達的態度應該夠親切，表示出她很高興得知亞當已經出院返家並且日漸康復，也很高興亞當在她那次探訪中留下好印象。費歐娜勸戒亞當要敬愛父母，告訴他每個人在青少年時期都會對自己從小信仰的宗教產生懷疑，但仍然必須心懷敬意。在那封信的結尾，費歐娜還說了一個善意的謊言——她表示「搭船環遊世界」的邀約讓她有點動心。她還補充說，她年輕的時候，也曾夢想逃離身邊的一切，就和亞當一樣。這句話根本也不是事實，因為費歐娜十六歲的時候非常重視課業，一心只想爭取好成績，從沒想過要跑到天涯海角。去紐卡索的堂姊妹家暫住，大概是費歐娜這輩子最離經叛道的旅程。寫完那封短信的隔天，費歐娜又拿出來重讀一遍。重讀之後，她覺得自己好像不夠友善，態度過於冷酷，而且寫了太多沒有意義的建言、編了太多虛假的經驗。費歐娜也重讀了亞當的來信，並再次被他的純真和溫情所感動。她決定不回信給亞當，以免讓他大失所望。倘若幾天之後她改變心意，到時候再回信也不遲。

費歐娜到巡迴法庭服務時間又快到了，這次她將和另外一位民刑事法庭的法官一同前往英格蘭的幾個老城市進行巡迴審判。巡迴法庭可讓當地民眾免於奔波到倫敦的法院進行訴訟。費歐娜將入住特別安排的宿舍，宿舍通常是富有歷史且具有建築美感的漂亮樓屋，有時候宿舍裡面還會有很棒的地窖，而且擔任管家的工作人員多半廚藝精湛。當地的行政司法長官都會邀請巡迴法庭的法官共進晚餐，然後費歐娜與另一名法官也會回請行政司法長官到他們的宿舍吃飯，並找一些當地有名或有趣（這兩者有很大的差別）的名流擔任陪客。他們宿舍的臥室，通常比費歐娜家裡的主臥房還要寬敞華麗，不僅床更寬大，被單寢具也都是高級品。當費歐娜還是一個幸福快樂的人妻時，她會因為無法與傑克共享如此舒適的臥房而感到罪惡，如今她卻因為可以暫時逃離家中那座雙人監獄而大感慶幸。這次巡迴法院的第一站，是費歐娜最喜歡的城市。

九月初的某個早上，就在費歐娜巡迴法院之旅啟程的前一週，她收到亞當寄來的第二封信。比起上一封信，這次費歐娜在打開信封閱讀之前就已經相當不安，因為這個灰藍色的信封出現在她家門口，和廣告傳單及電費通知單一起靜靜躺在門毯上。信封上沒有地址，只寫著她的姓名。亞當．亨利如果躲在法院外的河濱大道或凱利街，隔著一小段距離偷偷跟在費歐娜身後，就可以輕而易舉獲知她住在什麼地方。

傑克已經出門上班去了，費歐娜把信拿到廚房，在餐桌旁坐下。餐桌上還擺著她沒吃完的早餐。

法官大人：

我已經忘記自己在上一封信裡寫了些什麼，因為我沒有留存影本。雖然您沒有回信，但是沒有關係，我還是很希望能夠找您談一談。以下是我的最新狀況：我和我父母親大吵了一架，我非常渴望能夠盡快重返校園，我的身體好多了，心情則時好時壞，一下子覺得快樂，一下子又覺得悲傷，然後過一會兒又覺得快樂。有時候，一想到我的身體裡面流著別人的血液，還是會讓我感到噁心，就像被迫喝下別人的唾液一樣噁心，甚至是更噁心的感覺。雖然我還是無法擺脫「不應該接受輸血」的想法，不過我已經不在乎了。我有許多問題想要請教您，但是我不確定您是不是還記得我。在我的案子結束之後，您一定又審理過非常多案件，替別人做出非常多決定。一想到這點就讓我好嫉妒！我好想在馬路上直接走向前去，拍拍您的肩膀，和您說說話。但是我沒辦法這麼做，因為我膽子很小，我怕您認不出我是誰。您也不需要回覆這一封信——但其實我很渴望收到您的回信。請您不要擔心，我並沒有騷擾您或做任何壞事的意圖，我只是覺得自己的腦袋快要爆炸了，有好多想法不斷冒出來！

亞當・亨利　敬上

費歐娜馬上寫了一封電子郵件給瑪莉娜，詢問瑪莉娜可否撥出一點時間去看看亞當，進行例行性的追蹤訪察，並請她把訪察結果告訴費歐娜。當天晚上，費歐娜就收到了回信。瑪莉娜下午就到學校去看了亞當，亞當已經回學校上課，並且正忙著準備聖誕節前的考試。瑪莉娜花了半個小時了解亞當的近況，他的體重增加了，臉色也變得紅潤。亞當看起來相當活潑，甚至有點淘氣和愛開玩笑。不過，他家裡的氣氛並不是太好，主要是因為宗教信仰的問題，他與父母親的觀念有些歧異，但是瑪莉娜認為那並非什麼大問題。另外，學校的校長告訴瑪莉娜，亞當出院後在學校裡表現傑出，已經完全趕上之前錯過的課業。亞當的老師也表示，他提交的作業都寫得非常出色，也很認真參與課堂討論，言行舉止十分守規矩。總而言之，亞當在學校一切都很順利。費歐娜讀完瑪莉娜的報告之後，才消除了心中的疑慮，並決定不回信給亞當。

一個星期之後的週一早晨，費歐娜準備出發前往英格蘭東北方的某個城市。婚姻關係出現問題，往往就像難以察覺的大陸板塊漂移，無聲無息地發生著。通常夫妻雙方都不願把問題說出口，也不願承認兩人之間出了問題。費歐娜搭上火車之後，一直思考著這個問題，彷彿跨越了真實與想像的邊界。她可以相信自己的記憶嗎？當天早上七點三十分，費歐娜走進廚房，傑克正站在流理台前，背對著費歐娜，準備把咖啡豆放進咖啡機裡。費歐娜把公事包放在走廊上，她急著要把最後幾份文件收回公事包裡。一如往常，費歐娜非常抗拒與傑克共處於密閉的空間裡。她拿起掛在餐椅椅背上的絲巾，然後走回客廳繼續尋找她的文件。

幾分鐘之後，費歐娜又走回廚房。傑克正把加熱後的牛奶從微波爐裡拿出來。傑克和費歐娜原本對於早上喝的咖啡各有所好，但是經過這麼多年，他們的口味已經漸漸趨於一致。他們都喜歡喝濃咖啡，而且是裝在白色高杯身的薄杯裡飲用。他們都喜歡高級的哥倫比亞咖啡豆，過濾之後添加溫牛奶而非熱牛奶。傑克依舊背對著費歐娜，他先把牛奶倒進咖啡裡，然後才轉過身來，手裡拿著咖啡杯，微微舉向費歐娜的方向。傑克的表情並不像是要把這杯咖啡給費歐娜喝，費歐娜也沒有以點頭或搖頭來表示她要不要接受這杯咖啡。他們的眼神只有短暫的接觸，然後傑克就把咖啡杯放在餐桌上，往費歐娜的方向輕推了一吋左右的距離。這個舉動其實並沒有什麼特殊的意義，因為即使他們兩人總是氣氛緊張地迴避對方，他們依然超越心中的積怨，保持該有的禮節，宛如要表現出自己比對方更理性、更無可指責的態度。所以，他們兩人都不會只煮一人份的咖啡，但是要把煮好的咖啡放在餐桌上交給對方，卻有好幾種不同的方式：可以把瓷杯用力地放在木頭桌面上，發出碰的一聲，也可以無聲地將杯子輕輕放於桌面，就像接過杯子也有好幾種不同的方式。費歐娜動作流暢地慢慢拿起杯子，啜飲了一口咖啡之後，沒有馬上轉身離開。起碼，她沒有像平常的早晨一樣，立刻走出廚房。兩人靜默了一會兒，這段安靜的時刻感覺似乎格外漫長，久到他們兩人都忍不住想要離開廚房，因為實在難以承受。如果時間再長一點，他們可能就要重修舊好了。傑克背過身去拿他自己的咖啡，費歐娜也轉身走出廚房，回主臥室去拿東西。他們從對方身旁走開的動作，比平常更為緩慢，或許兩人都已經有一點捨不得分開。

費歐娜剛過下午就已經抵達紐卡索。公務車的司機在火車站驗票口外等她，準備載她到位於碼頭區的法院。奈吉·鮑林已經在法官辦公室的大門等著，帶著她到她的辦公室。鮑林當天一大早就開車載著公文和費歐娜整套的法官袍，從倫敦出發。費歐娜在巡迴法庭期間還是必須在高等法院審理案件，一如她在倫敦的家事法庭，因此少不了法官袍。法院的書記官先歡迎了費歐娜和鮑林到來，然後負責分配案件的長官便和他們一同快速瀏覽接下來幾天要審理的案子。

由於還有不少零星小事要處理，費歐娜一直忙到下午四點鐘才離開法院。根據天氣預報，當天傍晚會有來自西南方的暴風雨侵襲紐卡索，因此費歐娜請公務車司機先載她到河邊，讓她沿著沙丘路寬敞的人行道散步，並且從泰恩大橋的橋底走過，一路行經人行道上的咖啡店，觀賞外觀古典精緻的市集建築及其陽台上美麗的花卉。費歐娜來到卡索修道院，步上階梯，再從修道院上方俯瞰泰恩河的風貌。她喜歡這種各式建物彼此交錯的豐茂景致——雄偉壯麗的大橋、後工業時代的鋼筋與玻璃大樓，以及由老舊倉庫裝修而成的時尚青春咖啡館與酒吧。費歐娜以前在紐卡索待過，所以對這座城市有一種特別的親切感。在她十幾歲的時候，由於母親經常生病，她常被送到紐卡索來，和她最喜歡的堂姊妹作伴。她的佛雷德叔叔是個牙醫，也是她當時所認識的人當中最富有的一位；席夢嬸嬸則在一所語言學校教法文。叔叔嬸嬸家雖然有點凌亂，但卻讓費歐娜感到自在又開心。費歐娜位於倫敦芬奇利區的家，總是被母親打掃得一塵不染，而且所有家具擦拭得亮晶晶，因此當她來到叔叔嬸嬸家時，自然有一種得到解脫的喜悅。費歐娜的兩位堂姊妹與她年齡相仿，個性相當活潑，甚至有點狂野，會在三更半夜強迫她出門玩一些可怕的大冒險遊戲，包括要她和四個頭髮長及腰部、臉上蓄著頹廢八字鬍的專業樂手喝酒。那四名樂手看起來都不像是正人君子，但是和他們相處之後，費歐娜發現他們都是超級大好人。如果費歐娜的父母親得知他們認真好學的十六歲乖女兒竟然是經常出現在某些夜店的熟面孔，不但愛喝櫻桃白蘭地加蘭姆酒和可樂，而且還交了第一個男朋友，肯定會既驚訝又生氣。費歐娜和她的堂姊妹都是某個藍調樂團的死忠粉絲，那個藍調樂團不僅設備不齊全，團員也都不支薪，於是費歐娜和堂姊妹就義務擔任那個樂團的道具管理員，在他們表演之後幫忙把音響擴大器與整套鼓具搬到一輛生鏽的小貨車後車廂。那輛小貨車三不五時就會拋錨。費歐娜還幫忙替吉他調音。費歐娜之所以這麼放得開，是因為她到叔叔嬸嬸家暫住的次數並不頻繁，而且每次時間都不超過三個星期。雖然沒有機會，但如果她真的可以待更久，或許她會上台跟著那個藍調樂團一起演唱，而且現在可能已經嫁給了凱斯——那個樂團的主唱兼口琴手。凱斯的一隻手臂有點萎縮，但是費歐娜當時仍然羞澀地崇拜他。

費歐娜十八歲那年，佛雷德叔叔的牙科診所搬到南邊，因此她和凱斯的戀情就在哭哭啼啼中結束了，費歐娜寫了好多首情詩，都還來不及交給凱斯。那種冒險刺激的生活，費歐娜從此再也沒有機會體驗，但是她不曾忘懷。因此只要一提到紐卡索，那段記憶自然就會湧上心頭。她在倫敦的日子，永遠也無法複製出一段那樣的體驗，因為費歐娜在倫敦只能忙著追求課業與事業方面的成就。這麼多年來，費歐娜曾因為各種理由重返位於英格蘭東北方的紐卡索，其中四次是因為參與巡迴法庭。每次費歐娜搭乘的火車只要逐漸接近紐卡索，近到泰恩河上的史帝文森高架橋出現在費歐娜的視線範圍內，她整個人就會變得非常開心。費歐娜步下火車時，總是雀躍地像當年的自己。以前，在費歐娜抵達紐卡索中央車站後，她就會興高采烈地穿越由約翰·達布森設計的三道大型拱門，然後從由湯瑪斯·柏瑟設計的那個新古典主義風格的奢華門廊走出火車站。擔任牙科醫生的佛雷德叔叔會駕駛綠色的積架跑車，載著迫不及待與費歐娜重聚的兩個女兒到火車站門口來接她。關於紐卡索火車站建築物的相關設計，都是兩個堂姊妹告訴費歐娜的。費歐娜從來不曾忘記，自己第一次來到這個宛如波羅的海城邦的城市時，心裡那種好奇的喜悅以及驕傲的感受。這裡的空氣彷彿更為清新，連光線也顯得更無邊無際，隱隱發出灰色的光亮。紐卡索的居民雖然十分友善，但用字遣詞較為尖銳，自我意識也比較強烈，不過，他們也很能自嘲，每一個人都像是搞笑演員一樣。在他們身旁，費歐娜覺得自己的南方口音聽起來既壓抑又做作。假使一如傑克所言，英國人各式各樣的個性與天命，就像英國各地的地質一般多元，那麼紐卡索的人就像花崗岩一樣堅硬，而費歐娜則是脆弱的石灰岩碎片。年輕的費歐娜迷戀著紐卡索，並且深深喜愛她的堂姊妹、那個藍調樂團，以及她人生中第一個男朋友，所以她當時深信自己可以改變，可以變得更真切、更實際、更像紐卡索當地的泰恩賽德人。即使過了這麼多年，每當費歐娜想起自己當年那股企圖心，還是會忍不住露出微笑。每次她回到紐卡索，回憶就會像鬼魅一樣縈繞心頭，種種模糊的想法又重新浮現，就像是她自己未曾意識到的另一種潛在人生。即便她不久之後即將年滿六十歲，這種感受依舊不曾改變。

費歐娜搭乘著一九六〇年代生產的賓利車，準備前往位於利德曼公園內一英哩處的利德曼會所。她的座車駛進公園入口，經過大門旁的警衛室和一座板球場，來到一條兩旁種滿山毛櫸樹的大道，山毛櫸樹的葉子在逐漸變強的風中抖動著。費歐娜的座車最後來到一座綠林環繞的湖泊。利德曼會所的建築風格為帕拉底奧式，由於最近才重新粉刷過，白色的外觀看起來稍嫌明亮。這棟建物裡面有十二間臥室，並有九名工作人員為這次負責巡迴法院的兩位法官服務。歷史建築學家佩夫斯納（Pevsner）曾讚美利德曼會所旁邊的溫室橘園，但對於建築物本身或其他設施則未表示任何意見。由於預算刪減，司法機關其實透過了某些運作，才能破例繼續租用利德曼會所，但是這樣的福利即將告終，因為司法機關必須以身作則，所以今年是最後一次以利德曼會所充當巡迴法院法官的宿舍。利德曼會所是紐卡索某個家族的資產，該家族長年經營礦產事業，而且每年會把這棟建築出租給外人幾個星期，作為開會或婚宴場所。利德曼會所還附有高爾夫球場、網球場和室外溫水游泳池，不過這些設施對於辛苦工作的法官而言，都是沒有必要的奢侈享受。從明年開始，提供給巡迴法院法官的座車，將以車內空間寬敞的沃克斯豪爾車款取代奢華的賓利車。法官住宿的地點，也將改為位於紐卡索市中心的飯店。由於當地一些兇惡的罪犯有時會被巡迴法院的刑事法官判處長期監禁，法官擔心罪犯的親朋好友會上門報仇，因此希望能下榻於隱密性較高的宿舍，但如果他們堅持入住利德曼會所這一類高級場所，就無法自圓其說不是出於貪圖享受的意念。

鮑林和一名管家站在大門外的碎石子路上等費歐娜抵達。因為這是最後一次入住利德曼會所，鮑林想營造一些不同的氣氛。他做出一種帶點諷刺意味的花梢動作，走到汽車的後門旁，並故意用鞋跟在碎石子路上敲出聲響。鮑林身旁的女管家是新面孔，這裡的工作人員總是來來去去。新來的管家是一個年輕的波蘭女子，費歐娜覺得她看起來還不滿二十歲，但她的眼神穩重而冷靜，並且在奈吉．鮑林伸手之前，就一把穩穩接過費歐娜最大的行李箱。鮑林和這名波蘭女子分別走在費歐娜兩旁，引領她走到二樓的某個房間，應該是保留給費歐娜的房間。這個房間位於屋裡的前排位置，裡面有三面大型的窗戶，可以看見種滿山毛櫸樹的大道以及一小部分被綠意環繞的湖泊。三十呎寬的房間後方有一間客廳，客廳裡擺著一張書桌；浴室則必須沿著走廊走，並且走下三階樓梯，樓梯上鋪有地毯。上一次利德曼會所進行整修時，增建洗手間和浴室的工程都還沒開始進行。

費歐娜洗完澡的時候，暴風雨已經來襲了。她穿著浴袍，站在中間那扇窗戶前看外面的狂風暴雨，突然瞥見有一個高瘦的身影匆匆跑過牧場，宛如鬼魅一般，轉眼間失去了蹤影。這時，強風吹斷了不遠處一株山毛櫸樹最上方的枝葉，斷枝被下方的樹枝撐著，倒掛在狂風中晃動，過一會兒又再次往下急墜，卡在下方的樹枝叢裡，最後才被風神解放，啪地一聲遠颺而去。那聲響幾乎和暴雨打在碎石子上的嘶嘶聲一樣大，就像屋簷排水系統裡發出的嘈雜呻吟。費歐娜開了燈，準備換上正式的服裝。十分鐘前大家就已經開始在客廳聊天品酒，費歐娜遲到了。

客廳裡的四位男士都穿著深色西裝、打著領帶，而且每個人手上都拿著一杯琴湯尼。費歐娜走進客廳時，四位男士立刻停止交談，分別從各自的扶手椅上起身向她致意。一名身穿硬挺白西裝外套的服務生替她調酒，而費歐娜來自刑事法庭的同事卡拉多克·博爾則為她介紹在場其他人，包括一位法律學教授，一位從事光纖生意的老闆，以及一位在海岸資源管理處上班的公務人員。這三個人都和卡拉多克·博爾有交情。費歐娜並沒有邀請任何人來作客，畢竟是才剛抵達的第一個晚上。他們先客套性地聊了一下窗外糟糕的天氣，然後又談到為什麼年紀超過五十歲的人以及美國人都還繼續使用華氏溫度計。他們接著討論到英國報紙為了讓文字更具震撼效果，報導冷天氣時總喜歡用攝氏表達，而熱天氣時則愛用華氏表達。費歐娜一面聊天，一面疑惑為什麼那位在客廳角落彎著腰調酒的服務生動作那麼慢。等到他們的話題聊到多年前改變的十進位貨幣時，服務生才把費歐娜的酒端過來。

博爾告訴費歐娜，他這趟來紐卡索，是為了重審一宗謀殺案。一名男子遭指控用棍棒打死母親，因為那位母親虐待她自己的女兒，也就是被告同母異父的妹妹。犯案的凶器還沒有找到，而現場採集的DNA證據也無法將凶嫌定罪。被告辯稱死者是遭到外來的入侵者殺害。不過，這個案件的審判被迫中止，因為某位陪審員利用手機上網查詢該案的相關資訊，並且與其他陪審員分享。那個陪審員從網路上查詢到某小報五年前的報導，報導指出該名被告曾因為以暴力攻擊他人而遭法庭定罪。這個時代是日新月異的數位時代，因此必須要有明文規範來防止陪審團利用網際網路查詢案件的相關資訊。在場的那位法學教授表示自己最近正向法制委員會提出修法建議，但這個話題剛才在費歐娜走進客廳時被打斷了，於是現在大家又開始繼續討論。從事光纖生意的男士提出一個問題：如果陪審員在自己家裡查詢案件的相關資料，法律如何加以限制？或者，如果陪審員請他們的家人代為查詢資料，法律又該如何避免？那位法學教授指出一個相對簡單的方式：請陪審員自我監督。只要對於違反規定的陪審員施加嚴刑峻法，陪審員就會乖乖守規矩，並且一旦發現其他陪審員私下討論案情，便即刻向法庭舉發。私下討論案情或上網查詢相關資料者，最高處以兩年徒刑，知情不報者，最高處以六個月徒刑。明年法制委員會就會回覆對這項修法提案的意見。

這時候，一名男管家走進客廳，請他們到餐廳用餐。雖然這名男管家應該只有三十多歲，但是他的臉色卻像老人一樣蒼白，彷彿臉上塗了白粉。費歐娜之前曾經聽一位住在農村的法國女性形容「白得像阿斯匹靈」，差不多就是這種感覺。但是這名管家沒有一絲病容，他表現得冷淡而自信。男管家站在一旁，畢恭畢敬地向大家鞠躬，每個人便把酒杯裡剩餘的酒喝完，由費歐娜走在最前頭，一行人穿過一道左右雙開的木門，走進了餐廳。利德曼會所的餐廳很大，大概可以容納三十個人，不過，此刻只有五個人孤伶伶地準備用餐。餐廳裡鋪著整齊的木頭地板，牆壁上刷了顏色近似螢光橘的油漆，並且以模板印刷畫了一隻又一隻火鶴，彼此隔著相等的距離。餐廳靠著房屋的北面，餐桌旁有三扇大大的窗戶，窗框被屋外的暴風吹得震動不止，室內的空氣寒冷而潮濕。壁爐裡擺著一束乾燥花，花上積滿了灰塵。男管家向他們解釋，那個壁爐已經封閉了許多年，但是他稍後會拿一台暖氣機進來。他們討論了一下用餐的座位應如何安排，最後決定為了對稱起見，由費歐娜坐主位，四名男士則分坐於她的左右側。

到目前為止，費歐娜幾乎沒有發言。臉色蒼白的男管家替大家斟上白葡萄酒，然後有兩名服務生端上煙燻鮭魚與薄烤吐司。坐在費歐娜左手邊的是那位海岸資源管理專家，他的名字叫查理，大約五十歲上下，是個率直之人，個性活潑而且說話時不加修飾。當其他三人繼續討論陪審團的問題時，查理禮貌性地詢問費歐娜工作方面的事。費歐娜知道自己不得不與對方小聊一下，於是簡單說明了她在家事法庭的職掌。不過查理想知道更具體的細節，例如費歐娜明天要處理什麼樣的案件。她也覺得直接分享具體的案件比較有趣，便開始說明她將審理的案情細節：紐卡索的主管機關打算接手兩名孩子的監護權，分別是一名兩歲的男孩和一名四歲的女孩。這兩個孩子的母親不僅是個酒鬼，而且還對安非他命成癮。她有精神方面的疾病，病發時會懷疑自己受到電燈泡的監視，因此無法照顧自己或孩子。已經與母親分居的父親，早就不在他們身邊，但如今又現身表示他和他的女友可以照顧兩名孩子，不過這位父親也有吸食毒品的問題，甚至還有犯罪紀錄，但是他確實擁有扶養兩個孩子的權利。明天會有一名社工人員出庭證明這位父親的適任性。兩名孩子的外祖父母很疼愛他們，而且有能力也有意願照顧，但是在法律上他們沒有權利。主管機關反對外祖父母照顧兩名孩子的理由目前還不明確，但是他們的兒童福利單位經常受到批評。除了母親、父親和外祖父母等三方當事人的立場彼此對峙，另外還有一個複雜的問題：一位小兒科專家認為那名四歲的小女孩需要特殊照護。不過，另一位由外祖父母找來的小兒科專家則認為，儘管小女孩因受母親言行的影響而有心理障礙，加上她三餐不定而導致體重過輕，但是目前的身心發展尚屬正常。

費歐娜告訴查理，這個星期還有許多其他的案件要審理。查理忍不住把手放在額頭上並閉上眼睛，驚呼世道的混亂。如果要他明天早上審理任何一個類似的案子，他肯定會整夜無法入眠，除了瘋狂咬手指甲，還會在客廳的吧台旁喝到爛醉。費歐娜問查理為什麼到紐卡索來，他說，他代表政府來與一群海邊的農民會面，準備說服他們參與本地的環保組織，並希望他們同意政府將海水引入他們的農地，將農地變回含有鹽分的沼澤地，因為這是目前抵禦沿海洪災最好也最便宜的方法，對野生動物而言也最有益處，尤其是鳥類。這個方式也有利發展小型觀光。然而，即使失去農地的農民可以獲得優渥的補償，農業部門卻強烈反對這種作法。他一整天在會議裡不停遭到反對意見的抨擊，討論的內容繞了一大圈，但大家都覺得政府最後一定會來硬的。即便查理表明不會強迫推動這計畫，當地的農民都不相信他。而且，大家覺得他是政府派來的官，所以就算與他部門無關的問題，農民也都直接遷怒於他。後來，他在走廊上被農民推擠到一旁。有個年齡不到他一半但是力氣超過他兩倍的男人，一把抓住了他的衣領，用當地口音抱怨了一大堆他聽不懂的問題。不過，聽不懂也好。他打算明天還要回去找那些農民談一談，試試看能否說服他們。查理相信自己最後一定會成功。

查理的經歷聽起來簡直像地獄，費歐娜說她寧可和有精神疾病的母親打交道。當查理和費歐娜都因此笑出來時，他們才意識到另外三位男士已經結束了他們的話題，早在一旁聆聽著查理和費歐娜的對話。

卡拉多克．博爾是查理的老同學，他對查理說：「你知道你正在和一位非常傑出的法官說話嗎？我相信你應該記得那對連體雙胞胎的新聞。」

大家都還記得那個案子。服務生替他們收拾餐盤之後，端上了法式牛肉餡餅，並為每個人斟上拉圖酒莊的波爾多葡萄酒。大家開始聊起那個知名的案件，並且詢問費歐娜相關的問題，費歐娜只好也一一回答他們想知道的一切。每個人都有自己的觀點，但由於大家的觀點一致，所以他們馬上又接著討論當時各家報紙報導該案時的積極度與競爭心。只要把新聞事件搬上「詢問李文森」[15]網站，就是炒作最新八卦話題的捷徑。他們吃完了牛肉餡餅，根據菜單的內容，下一道是麵包奶油布丁。費歐娜猜想，這些男人接下來就會開始爭論西方國家派兵前往敘利亞究竟是不是明智之舉。只要一提到那個話題，卡拉多克的意見就沒完沒了。不過，卡拉多克才剛剛提起敘利亞，他們就聽見走廊外面的說話聲。奈吉．鮑林與那個臉色蒼白的男管家一起走進餐廳，先在門邊停了一會兒，然後才走到費歐娜身旁。

男管家往旁邊一站，看起來不太高興。鮑林向在場的諸位點頭致歉，然後在費歐娜耳邊輕聲地說：「法官大人，很抱歉突然進來打擾您，但現在有一個突發狀況，需要您即刻處理。」

費歐娜拿起餐巾輕輕擦拭了一下嘴唇，接著就站起身來。「各位男士，不好意思。」其他人都沒有任何表示，紛紛站起身來目送跟著管家和鮑林步出餐廳的費歐娜。走出餐廳之後，費歐娜對男管家說：「餐廳裡有點冷，暖氣機還沒送來。」

「我這就去拿。」

男管家轉身離開時，態度顯得有點不客氣。費歐娜不以為然地對鮑林翻了個白眼。鮑林沒有對男管家的態度表示意見，只說了句：「法官大人，請您跟我到這邊來。」

費歐娜跟著鮑林穿過走廊，來到以前充當書房的房間。房間的書櫃上放著一些沒有閱讀價值的書籍，有些飯店業者會從舊貨市場購買大量的書本，擺在書櫃裡以提升書房的氛圍。

鮑林說：「耶和華見證人那個案子的年輕人，亞當．亨利。您還記得吧？那個拒絕接受輸血的案件。這個男孩子顯然是一路跟蹤您到這兒來的。他在暴風雨中走了很久，全身都濕透

15「詢問李文森」（Leveson Inquiry），是英國一個討論新聞媒體文化與道德的網站，由李文森大法官主掌。

了。警衛打算把他趕走，但我認為應該先通知您一聲。」

「他在什麼地方？」

「他在廚房裡，因為廚房比較溫暖。」

「你去帶他進來吧。」

鮑林出去之後，費歐娜開始在書房裡緩慢地踱步。她注意到自己的心跳加速。如果她之前回了信，現在就不需要面對這種場面。但現在到底是什麼狀況呢？現在的狀況，就是她和已經結案的當事人糾纏不清，而且可能還不只如此。但是費歐娜沒有時間多想什麼，因為她聽見了往書房接近的腳步聲。

鮑林打開書房的門，示意那名男孩走進書房。費歐娜之前沒有見過亞當下床的模樣，因此相當驚訝他的身高竟然超過一八〇公分。亞當身上穿著學校的制服，灰色法蘭絨長褲、灰色毛衣、白色襯衫，以及一件輕薄的運動夾克。他全身都濕透了，頭髮因為剛剛擦乾而變得有點凌亂。一個小型背包垂在他手中。利德曼會所的工作人員，竟然只施捨給這可憐的孩子一條擦拭茶具的毛巾，毛巾上印著紐卡索在地風景的圖片。亞當把毛巾披在肩膀上保暖。

鮑林佇足在書房門外，亞當則往書房裡走了幾步，然後在費歐娜面前停下來。他對費歐娜說：「我真的非常抱歉。」

在這種初次重逢的時刻，費歐娜決定先以長輩關懷晚輩的口吻來掩飾混亂的心情。「你一定凍壞了吧！我們最好馬上請管家拿暖氣機過來。」

「我去拿吧。」鮑林說，然後便轉身離開。

沉默片刻之後，費歐娜問亞當：「你是怎麼跟蹤我到這裡的？」

這是費歐娜逃避現實的另一個選擇：探究亞當跟蹤她的「方式」，而非「理由」。亞當突然在此現身，仍讓費歐娜處於震驚的狀態，她暫時還不想知道亞當到底希望從她身上得到什麼。

亞當的答覆認真而嚴肅。「我先搭計程車跟蹤您到國王十字區，然後坐上您搭乘的那班火車。因為我不知道您會在哪一站下車，所以我就買了到愛丁堡的車票。抵達紐卡索之後，我又跟蹤您走出火車站，並且在您搭乘的座車後方追趕。追丟了之後，我猜您應該會到法院，所以就問路人法院在什麼地方。等我到了法院，就看見去火車站接您的那輛車停在外面。」

亞當說話時，費歐娜一直注視著他，並且發現他的改變。他已經不像當初那麼單薄，但是身形依然纖細，肩膀和手臂看起來都增長了一些氣力。瘦長的臉龐和精緻的五官都沒有變，臉頰上那顆棕色的痣也因為膚色曬得健康黝黑而不再那麼明顯，但還是可以看出他的眼袋微微泛紫。他的嘴唇飽滿又有光澤，雙眼在書房的燈光下顯得烏黑明亮。雖然亞當表現得充滿歉意，但是他的樣子卻神采奕奕，而且在解釋的過程中還說了太多不重要的細節。亞當將視線看往別處，好讓自己的思緒集中，想清楚事情發生的先後順序。費歐娜看著亞當，突然覺得她母親一定會說亞當臉上那種表情很老派。這個乍然萌生的念頭實在沒有意義。一般人應該會認為亞當的表情像個浪漫派詩人，有如葉慈或雪萊。

「我等了很長一段時間，才等到您走出法院。我又跟您繞過整座城市，並回頭往河邊走，最後看您上車。然後我又花了一個多小時，才利用手機找到一個網站，那個網站提到法官都住在這裡，所以我就隨便搭了便車，在公園外下車。如果從公園大門進來，一定得經過警衛室，於是我只好翻牆，在風雨中沿著車道慢慢走。我在外面那個舊馬棚後方等了好久，不知道下一步該怎麼做，接著我就被人發現了。我真的很抱歉。我……」

鮑林拿著暖氣機進來。他的臉漲得紅紅的，似乎有點不高興，大概是從男管家那邊借暖氣機時和對方有些摩擦。費歐娜和亞當看著鮑林雙膝跪地、雙手趴在地面上，一邊嘀咕著，一邊爬進桌子底下去找插座。鮑林從桌下爬出並站穩後，就把雙手放在亞當的肩膀上，將他轉向暖氣機的出風口，讓他直接對著暖風吹。鮑林走出房間前對費歐娜說：「如果有什麼事的話，我人就在門外。」

鮑林走出書房後，費歐娜對亞當說：「你偷偷跟蹤我回家就算了，現在還跟蹤我到這裡來，我是不是應該要覺得毛骨悚然？」

「喔，不！請您不要覺得毛骨悚然！我完全沒有惡意！」亞當焦慮地環顧四周，彷彿足以解釋自己行為的合理說詞就寫在書房某個角落。「您知道嗎？您救了我一命，但是對我而言，您不只是我的救命恩人。雖然我父親一直不讓我閱讀您的判決意見，但我還是想辦法讀到了。您在判決書裡提到，您會保護我，不讓我受宗教信仰的傷害。您確實做到了這一點，我已經獲救了。」

亞當覺得自己說了一個有趣的笑話，逕自笑了起來。費歐娜說：「我救了你的命，並不是要讓你一路跟蹤我到這裡來。」

就在這個時候，暖風機的某個零件可能鬆脫了，掉進了風扇轉動的軌道，暖風機發出喀啦喀啦的聲響，充斥整個房間。聲音一開始愈來愈大，後來又減弱，然後逐漸變得穩定持續。費歐娜有一股油然而生的怒意，她覺得亞當很不老實，很糟糕，為什麼她當初沒有這樣的想法？

等到怒意稍微退去，費歐娜問亞當：「你父母知道你到這裡來嗎？」

「我已經年滿十八歲了。我想去哪裡就去哪裡。」

「不管你幾歲了，如果你的父母找不到你，他們會很擔心。」

亞當發出那種青少年在不開心時常見的嘆息聲，並且把背包放在椅子上。「您聽我說，法官大人……」

「不要叫我法官大人，叫我費歐娜。」只要別讓亞當做出奇怪的舉動，費歐娜才會覺得舒服些。

「我沒有嘲諷的意思，也沒有其他的暗示。」

「沒關係。你跟你的父母怎麼了嗎？」

「昨天我和我父親大吵了一架。自從我出院之後，我們就經常有些小爭執，但昨晚我們是真的大吵一架，我們兩人都扯著喉嚨大喊大叫。我對他說，我覺得他的宗教信仰非常愚蠢，但是他當然聽不進去。吵到後來，我就轉頭回房間去，打包了簡單的行李，帶著存款，和我母親告別，然後我就離家出走了。」

「你現在必須打電話給你母親，告訴她你平安無恙。」

「不需要。我昨天晚上已經傳簡訊給她，告訴她我在哪裡過夜。」

「再傳一次簡訊給她。」

亞當看著費歐娜，表情帶點驚訝和失望。

「快點，告訴她你人在紐卡索，很安全，也很開心，而且你明天會再跟她聯絡。等你傳了簡訊之後，我們再繼續談。」

費歐娜和亞當距離幾步之遙，她看著他修長的拇指在手機按鍵上飛舞著。幾秒鐘之後，亞當又把手機收回口袋裡。

「好了。」亞當說。他充滿期待地看著費歐娜，彷彿費歐娜才是有話要說的人。

費歐娜把雙手盤在胸前。「亞當，你到這裡來做什麼？」

他轉開目光，遲疑了一會兒。他不想告訴她，起碼不想現在就告訴她。

「我已經變得不一樣了。當初您來看我的時候，我已經準備面對死亡，但是像您這麼有地位的人居然肯浪費時間在我身上，實在讓我太驚訝了。我當時真是個大笨蛋，居然一心想死！」

費歐娜指指橢圓形胡桃木桌旁的兩張木椅，示意亞當坐下。他們兩人分別坐在橢圓木桌的兩頭，對望著彼此。天花板的燈採鄉村風格設計，四盞節能燈泡接附於漆了顏色的環狀木飾上，投射出如鬼魅般的白色燈光。白色的燈光照亮了亞當臉頰與嘴唇的線條，也突顯出他精緻好看的人中。他有一張俊美的臉。

「我從來不覺得你是笨蛋。」

「但我就是個笨蛋。當醫生和護士說服我接受輸血時，我總是自以為高貴、自以為是英雄，還叫他們不要煩我。我以為自己很純真、很善良，暗中竊喜他們不懂我對宗教信仰的投入。這樣的想法讓我更添士氣，我也很高興我的父母親和教會長老都以我為榮。每當夜深人靜時，我甚至偷偷練習自拍告別影片，就像那些自殺炸彈客一樣。我用手機自拍，我希望這段影片可以上電視新聞，並在我的葬禮上播放。但我也會在暗夜裡哭泣，想像人們抬著我的棺材，走過我父母親面前，也走過我同學和老師面前。我想像教會裡的每個人都來參加我的葬禮，到處是鮮花與花環，現場播放著悲傷的音樂，每個人都在啜泣，每個人都以我為傲，每個人都愛我。但是，坦白說，我知道我是個大笨蛋。」

「你的上帝呢？」

「上帝隱身在這些人事物的背後。因為我所做的都是上帝的意思，我只是遵行祂的指示。

但我完全沉醉在自己美好的冒險歷程中，我覺得自己會以優雅的方式死去，並且受到大家的愛戴。我以前在學校裡認識一個女同學，她三年前得了厭食症，當時她才十五歲，一心想讓自己變瘦，而且愈瘦愈好。她說，她希望自己最好能像風中翻飛的枯葉。她的身體漸漸衰弱，後來就過世了。每個人都同情她，並且在她過世後不斷責怪自己沒有多了解她、關心她。」

坐在椅子上的亞當，讓費歐娜憶起當初到醫院病房探望他時，他虛弱地將身體靠在枕頭上的模樣。但費歐娜想到的並不是亞當病懨懨的容貌，而是他對殉道的渴望，以及脆弱無比的純真。此刻從亞當口中說出的「厭食症」三個字，聽起來就像是一趟充滿希望的短程旅行。他從口袋裡拿出一小塊綠色的布，也許是從哪裡撕扯下來的，他放在手指間搓揉著，彷彿把那一小塊布當成了念珠。

「所以當時你的決定其實並不全是為了你的宗教信仰，而是與你的自我感覺有關。」

亞當舉起雙手說：「我的感受來自我的宗教信仰，我只是遵照上帝的旨意。您和其他的人都誤解了，畢竟假如我不是耶和華見證人的信徒，我根本不會扯上這些事。」

「你那位得了厭食症的同學，好像超脫了宗教信仰的束縛。」

「事實上，厭食症就如同一種宗教信仰。」

當亞當看見費歐娜臉上露出懷疑，他連忙又繼續往下說：「哦，我的意思是，因為厭食症患者也希望自己被折磨，他們享受痛苦和犧牲的感覺，認為大家會因此注視並關心他們，並誤以為整個宇宙都是以他們為中心而運轉，相信自己的體重就是全世界的焦點！」

原本面無表情的費歐娜，聽了亞當這段帶點自我嘲諷意味的補充，忍不住笑了出來。亞當也沒料到自己能成功地讓費歐娜發噱，開心地露出笑容。

他們聽見走廊傳來一陣交談聲和腳步聲，想必其他人已經用餐完畢，正走出餐廳，準備到客廳享用咖啡。有斷斷續續的笑聲往書房門口接近，讓亞當全身緊繃，擔心他和費歐娜的對話可能被人打斷。費歐娜和亞當默契十足地靜靜坐著，等待門外的聲音離去。亞當低頭看著自己握拳的雙手，他把手放在紋理細緻的拋光桌面上。費歐娜很想知道亞當在孩童時期和青少年時期那些每天祈禱、唱讚美詩歌、聽牧師講道的時光是什麼樣子，也希望了解那些她永遠無法明白的種種宗教制約。她想明白亞當如何在那個既緊繃又充滿愛的環境下過日子。那個幾乎害死他的環境。

「亞當，我再問你一次，你為什麼到這裡來？」

「我想要謝謝您。」

「如果你只是想表達謝意，可以選擇其他比較簡單的方式。」

亞當不耐煩地嘆了一口氣，並且把手上的小碎布放回口袋裡。這個動作讓費歐娜誤以為他準備離開這裡了。

「您來醫院探望我，是發生在我身上最美好的事。」亞當緊接著開口。「我父母親的宗教信仰對我來說宛如毒藥，而您是解毒劑。」

「我不記得自己當時曾批判你父母親的宗教信仰。」

「您沒有批判我父母親的宗教信仰。您當時非常冷靜，傾聽我說的每一句話，並且提出問題、給予我種種建議。您做的這些對我來說非常重要。您把您的想法傳遞給我，讓我有所感應。您甚至不必說出口，我就可以從您的思維和說話方式感應到。如果您不明白我的意思，可以去問問我們教會的長老。當您隨著我演奏的曲子歌唱時……」

費歐娜打斷亞當的話，問：「你還繼續練小提琴嗎？」

亞當點點頭。

「也還繼續寫詩嗎？」

「嗯，我寫了很多。但是我已經不喜歡我以前寫的作品了。」

「沒關係，你很有才華，我相信你一定會寫出很出色的作品。」

費歐娜在亞當的眼中看見一絲沮喪，於是立刻停止這個話題，搖身變成一位熱心的長輩，跳回他們好一會兒之前的對話。費歐娜自己也不明白，為什麼她會這麼在意亞當的情緒，就怕惹他不開心。

「學校的老師應該和教會的長老很不一樣吧？」

亞當聳聳肩。「我不知道。」然後他又補充說明自己的意思。「因為學校很大，老師很多，我認識的老師不多。」

「你覺得我應該怎麼幫助你？」費歐娜嚴肅地說，沒有一絲嘲諷亞當的意思。

不過，亞當也不以為意。「當初我看見我父母親喜極而泣，我的世界就頓時瓦解了——他們是真的哭了，而且一邊哭一邊發出充滿喜悅的呼喊聲。但是我想說的重點：我的世界瓦解之後，真相也隨之浮出檯面。我父母當然不希望我死，因為他們很愛我，但他們為什麼不肯說出口，反而一天到晚把天堂的喜樂掛在嘴邊？那時我才真正明白，這就是平凡人會做的事。平凡而且善良的人都是這樣，與上帝沒有任何關係，因為平凡人就是這麼愚蠢。當初的那場鬧劇，就好比一個成年人走進一個房間，房間裡有一群小孩正在爭吵打鬧，於是那個成年人就說：

『好了，別再胡鬧了，喝下午茶的時間到了！』您就是那個成年人，您一眼就看出我們這些人在胡鬧，但您卻沒多說什麼，只是問了幾個問題，然後傾聽我們的想法。您在判決書裡提到：『讓他開創未來的人生。』您所說的話，宛如我的天啟，從我們一起彈唱〈走過散柳花園〉的那一刻開始。」

費歐娜依舊嚴肅，說：「你的腦袋不是快要爆炸了嗎？」

亞當很開心費歐娜引用他在信上寫過的話。「費歐娜，我現在可以幾乎毫不出錯地演奏完一首巴哈，也會演奏《加冕街》（Coronation Street）的主題曲。我最近在閱讀美國詩人貝瑞曼（John Berryman）的《夢之歌》，而且我將要上台演舞台劇。除此之外，我還必須在聖誕節之前通過所有的考試。我現在隨時隨地都會想起葉慈的詩句，這一切都要感謝您。」

「嗯。」費歐娜小聲地回應。

亞當的身體往前傾，貼近他的手肘。昏暗的光線下，他深邃黝黑的眼眸閃閃發亮，整張臉也因為充滿期待而微微顫抖，有一種令費歐娜無法承受的渴望。

費歐娜思考了片刻，輕聲地說：「你在這裡等一會兒。」

她站了起來，但是猶豫了一會兒，彷彿打算改變主意再度坐下。但最後她轉過身子背對亞當，走出書房到走廊去。鮑林站在距離書房門口不遠處，假裝興致勃勃地閱讀著放在大理石桌面上的訪客登記簿，費歐娜迅速地低聲交代鮑林幾件事，然後又走回書房，並且關上房門。

亞當已經把擦拭茶具的毛巾從肩膀上拿開，專心欣賞著印在毛巾上的風景圖。當費歐娜回到位子坐下時，亞當說：「我以前從來沒聽過這些地方。」

「這個世界很大，還有很多地方等著你去探索。」

兩人之間的尷尬氣氛消散後，費歐娜問亞當：「所以，你現在沒有宗教信仰了？」

這個問題讓亞當有點侷促不安。「嗯，也許吧，我也不知道。我猜我還不敢大聲地這麼說，因為我還不清楚自己的想法。我的意思是，既然我離開了耶和華見證人的教會，就不可能再回去，而且我也不想再信仰其他宗教了。」

「或許每個人都需要信仰。」

亞當臉上露出寬容的笑容。「我不覺得您是真心這麼想。」

費歐娜習慣替別人做總結的老毛病又犯了。「你看見你的父母親為你哭泣，所以你感到相當困惑，因為你認為他們對你的愛已經超過了他們對上帝的信仰，也超過了他們對來世的期待。你無法面對這樣的情況，所以決定逃離這一切。這樣的反應，對於你這年齡的孩子而言十分尋常。或許等你上了大學，你的想法又會改變。但是我還是不明白你到這裡來做什麼，更重要的是，你究竟打算做什麼，以及你想到哪裡去？」

第二個問題讓亞當更難以回答。「我有一個阿姨住在伯明罕，她是我母親的姊姊，我想她家可以讓我暫住一、兩個星期。」

「她知道你要去伯明罕找她嗎？」

「算是吧。」

費歐娜本來想叫亞當再傳一通簡訊，但是亞當突然轉過身面對著她，並且越過桌面朝她伸出手。費歐娜連忙縮回原本放在桌面上的手，把雙手放在自己大腿上。

難堪的亞當不好意思繼續望著費歐娜，也不想再被費歐娜注視著，於是他把雙手貼在額頭上，以手掌遮住眼睛，然後說：「我知道這是我個人的想法，您聽了之後可能會覺得我很愚蠢，但請不要馬上拒絕我，我希望您可以考慮一下。」

「什麼事情？」

亞當低著頭，對著桌面說：「我想搬去和您一起住。」

費歐娜沒有馬上回答，但是她怎麼也沒想到亞當會提出這種請求。然而，聽見亞當親口說出這個請求後，一切的疑惑都解開了。

亞當還是不敢看費歐娜的眼睛，而且他說話的速度變快，彷彿對於自己說話的聲音很不好意思。他已經事先計畫好了。「我可以替您打雜，例如整理家務、跑腿買東西之類的事。您可以幫我開書單，我的意思是，幫我列出您認為我應該閱讀的各類書籍……」

亞當偷偷跟著她，越過整個英格蘭，走過大街小巷、穿過一場暴風雨，只為了當面向她提出這個請求。他幻想與她乘船遠遊，每天和她在搖晃的甲板上聊天，而這個請求就像是那份幻想的合理延伸版。雖然合理，但是有點瘋狂，而且相當天真。

沉默就像一道傷口包圍住他們，同時也束縛著他們。風扇式暖氣機發出的聲響似乎慢慢消退，房間裡變得鴉雀無聲。亞當依然以雙手遮著臉，不讓費歐娜看他。費歐娜望著他健康而年輕的深棕色髮旋，他的頭髮看起來乾爽而柔亮。

費歐娜溫柔地說：「你應該知道，這是不可能的。」

「我絕對不會造成您的困擾。我是說，我不會打擾您和您丈夫的生活。」亞當終於把手放下，雙眼注視著費歐娜。「我可以像是一個房客，等到我考完試之後，我會去找一份工作，打工賺錢付房租給您們。」

費歐娜想到家裡的客房，以及房間裡那兩張單人床。泰迪熊和其他的動物填充玩偶都放在玩具籃裡，玩具櫃裡也被塞得滿滿的，其中一扇門因此無法關緊。費歐娜突然咳了幾聲，然後站起身來走到窗戶旁，假裝望向窗外。她沒有轉頭看亞當，開口說：「我家只有一間客房，但是許多侄子、姪女和外甥、外甥女經常來暫住。」

「這就是您拒絕我的理由？」

突然有人敲了敲書房的門，鮑林接著走了進來。「法官大人，計程車再過兩分鐘就到了。」他說完後又走了出去。

費歐娜離開窗戶旁，回到亞當身邊，然後彎腰拾起亞當放在地板上的背包。

「我的書記官等一下會陪你搭計程車，你們先到車站買一張明天早上前往伯明罕的火車票，然後他會再陪你到火車站附近的飯店辦理入住手續。」

亞當猶豫了片刻，最後才慢慢站起來，從費歐娜手中接過他的背包。雖然他的個子很高，但他此刻看起來就像是一個害怕又無助的小孩。

「就這樣嗎？」

「我希望你能夠答應我，你明天上火車前一定要先和你的母親聯絡，告訴她你準備去伯明罕找你阿姨。」

亞當沒有回答。費歐娜領著他走出書房，來到走廊。走廊上沒有人。卡拉多克・博爾和他的客人都已經到客廳去，並且關上了客廳的門。費歐娜讓亞當先在書房門口旁邊等著，自己則回房間去，從皮包裡拿了一些錢。

費歐娜走出房間，從樓梯上看著走廊的全景。前門敞開著，那個男管家正在和計程車司機交談。計程車停在男管家身後的門廊階梯下方，車門開著，曲風活潑的阿拉伯式管弦樂從車子裡傳出來。鮑林快步穿過走廊，大概打算去阻止男管家對著司機亂說些八卦。亞當・亨利仍然站在書房門口，雙手將背包環抱於胸前。費歐娜下樓走到亞當身旁，男管家、計程車司機和鮑林都在門外，站在計程車停靠的碎石子車道上，費歐娜希望他們是在討論哪一家飯店離火車站比較近，適合讓亞當住一晚。

亞當才開口：「但是我們還沒有……」費歐娜就立刻舉起手，示意他不必再多說。

「你必須離開。」

費歐娜用手輕輕拉著亞當薄外套的衣領，將他拉到她面前。她本來想要親吻亞當的臉頰，但是當他們貼近彼此時，他突然側過頭，兩人的嘴唇就貼在一起了。其實費歐娜可以馬上退開，她可以立刻往後退一步，離開亞當身邊，但是她沒有這麼做。她繼續逗留於原處，那一刻她變得毫無招架能力。肌膚貼上肌膚的觸感，抹滅了她做出其他選擇的可能性。如果緊貼雙唇的親吻也可以不帶任何邪念，這個吻就是如此。他們兩人只是短暫地碰觸彼此，但已經超越親吻的感覺，也超越一位母親會親吻成年兒子的方式。雖然只有短短的兩秒鐘，也許三秒鐘，但已經足以讓費歐娜感受亞當柔軟的雙唇。在那種柔軟的觸感之外，費歐娜還想到了他們年齡的懸殊，以及生活圈的差異。他和她之間有著巨大的隔閡。他們結束親吻後，如果又不小心發生些微的肌膚碰觸，可能會吸引他們再次吻上對方，但是這時外面的碎石道和石階上傳來腳步聲，於是費歐娜馬上鬆手放開亞當的衣領，又說了一次：「你必須離開。」

亞當拿起自己剛才暫放在地板上的背包，跟著費歐娜步出走廊，走到庭院呼吸夜晚的新鮮空氣。站在樓梯下方的計程車司機朝著費歐娜和亞當友善地點點頭，然後打開了車子的後車門。車內的音樂已經關掉了。費歐娜原本想要把現金交給亞當，但是經過一個沒有特殊意義的轉念，便把錢交給了書記官鮑林。鮑林對費歐娜點個頭，微笑收下那捆薄薄的鈔票。亞當忽然唐突地扭動一下肩膀，彷彿想要甩開身旁所有的人，接著就一股腦兒坐上計程車的後座，把背包放在大腿上，眼睛注視著前方。費歐娜開始後悔自己剛才的舉動，於是她繞著車子另一邊，想在亞當搭車離去前再多看他一眼。亞當注意到費歐娜的動作，但刻意將頭撇開，不願讓她看見他的臉。鮑林坐上副駕駛座，男管家則略帶不屑地反手一揮，替亞當關上車門。計程車駛離後，費歐娜便喪氣地駝著背，快步走上有裂痕的石階。

第五章

費歐娜在紐卡索待了一個星期，忙碌於她該做的工作，包括處理該做的判決，或完成懸而未決的報告，並且揮別那些心滿意足或憤恨不平的當事人，其中總有些人因上訴而獲得些許安慰。費歐娜在頭一天晚餐時告訴查理的那個案子，她最後把兩名孩子的監護權判給了外祖父母，並且同意孩子的父母親每個星期可以分別在社工人員的陪同下探視兒女。六個月之後，法院會再度追查兩名孩子的狀況。費歐娜認為，屆時無論是哪位法官負責該案，都可以直接透過社工的報告了解兩名幼童是否健康安樂，並確認孩子的父母是否依照允諾參與勒戒，以及母親的精神狀態是否改善。費歐娜讓那名四歲的小女孩繼續留在她原本就讀的教會學校，因為那所學校的老師最清楚她的學習表現。費歐娜發現，當地主管機關的兒童福利部門在這個案件的配合模式，其實堪稱相關單位的典範。

星期五的傍晚，費歐娜與紐卡索法院的官員道別。星期六早上，鮑林在利德曼會所外面，開始把一箱一箱的文件以及費歐娜掛在衣架上的法官袍放進汽車的後車廂。至於裝著他們私人物品的行李箱，則堆放在車子的後座。費歐娜坐在副駕駛座上，車子先往西邊開，走泰因峽路前往卡萊爾。他們橫切過北英格蘭，右邊是切維厄特山脈，左邊是奔寧山脈。儘管這個地區的地質情況與歷史背景充滿戲劇性，但由於一路上塞車、窗外景致一成不變，加上英倫三島全然一致的呆板交通號誌，讓這段旅程變得相當乏味。

行經海斯罕橋時，塞車嚴重，車速慢得有如步行的速度。費歐娜手裡握著手機，心裡回想著她和亞當的那個吻。一整個星期以來，她經常想到這件事。她怪自己當時愚蠢又衝動，竟然沒有往後退開，不僅失了專業本分，就社會禮儀而言，她的舉止也太瘋狂。回想這件事時，費歐娜覺得他們嘴唇貼嘴唇的時間，彷彿比實際上更久更長。於是她努力將腦海中的畫面變成輕啄對方嘴唇，不值得大驚小怪。只不過，那輕啄嘴唇的畫面馬上又持續延伸，發展成一種連她自己也分不清的狀況。或者說，她已經搞不清楚當時到底發生了什麼事，也不知道她冒著丟盡顏面的風險時間到底有多長。卡拉多克．博爾當時很可能會突然出現在走廊上看見他們，而更壞的情況可能是博爾邀請的那三位客人，因為與費歐娜沒有私交，可能在撞見後告訴全世界的人。奈吉・鮑林當時也可能因為結束與計程車司機的對話，出乎費歐娜的意料走回屋內，讓他們之間多年來所建構的合作情誼毀於一旦。

費歐娜向來不是一個衝動的人，因此她也不懂為什麼自己會做出那種舉動。她知道自己必須勇敢面對各種錯綜複雜的情緒，而此刻要面對的，就是已經找上門來的恐懼感——她違反了法官的專業道德。那種可笑又可恥的感覺，已經占滿了她的心房，因為千錯萬錯全是她的錯。費歐娜不敢相信竟然沒有人看見那一幕，更不敢相信她可全身而退遠離犯罪現場。她寧可相信，真相如同一顆堅硬、深沉、苦澀的種子，不久後就會自動破土而出——也許她親吻亞當時已經被人看見，只是她還不知道。雖然她才剛離開紐卡索，準備返回倫敦，但她醜陋的行徑，可能早就被紐卡索的同事討論得沸沸揚揚。再過一會兒，她可能就會接到某位資深同儕的電話，對方會語帶猶豫又有點為難地告訴她，她的行徑已經曝光。「喔，費歐娜，不好意思，我想我應該提醒你一下，呃，有一些關於你的八卦……」等她回到位於格雷律師學院廣場的住處時，將會發現門口有一封司法投訴調查官寄來的正式通知等著她。

費歐娜在手機上按了兩個按鍵，撥了一通電話給傑克。由於一個意外之吻，費歐娜害怕地急著保護自己身為人妻的名節，希望確保一切無傷。出於一種習慣，她不假思索地打出這通電話，幾乎忘了她和傑克還處於對立狀態。她聽見傑克接起電話後略帶遲疑的問候，周遭傳來的聲響，讓她得知他正在廚房裡，而且開著收音機，電台播放的音樂大概是法國鋼琴家普朗克的演奏。星期六的早晨，她和傑克總是……以前總是一同早起，一同享用氣氛輕鬆的早餐，並且一面閱讀早報，一面收聽三號電台的節目，同時品嘗咖啡和溫熱的法式葡萄乾麵包。麵包是從蘭斯康迪特街買回來的。傑克身上會穿著他的渦紋花呢睡袍，鬍子還沒刮，頭髮也沒梳理。

傑克以相當謹慎的中性語調，問費歐娜是否一切無恙。當費歐娜回答傑克「一切都好」時，她驚訝自己的口氣聽起來竟然如此正常。她開始隨意說些不重要的事，身旁鮑林則因為突然想起一條捷徑，終於得以躲開繁忙的車流，如釋重負地吐了一口氣。身為人妻，費歐娜告訴傑克她將於月底返家，這樣的小提醒既合理又自然，起碼對於以前的他們而言，曾經相當自然。費歐娜建議傑克，她返家的那天，兩人可以一起出去吃頓晚餐。他們都很喜歡家裡附近的某間餐廳，但是那間餐廳的位子經常被預約一空，因此費歐娜提議傑克可以提早預約。傑克認為這個主意不錯。費歐娜聽得出傑克的語調裡抑制著驚喜之情，他俐落地轉換為一種溫馨又帶點距離感的語氣。傑克又問了費歐娜一次是否一切無恙，畢竟他太了解費歐娜了，費歐娜這通電話的表現與平常顯然不同。她再度表明自己沒事，但口吻已經不再那麼強調。他們又簡短聊了一下彼此工作的事，最後在傑克小心翼翼的道別聲中結束通話，但那聲再見聽起來不像道別，反而像是一個問句。

這通電話發揮了作用，它讓費歐娜擺脫偏執的想像，把思緒轉移到現實生活中的安排：和傑克來一次晚餐之約。這將有助於改善她和傑克的關係。費歐娜現在覺得比較有安全感，也比較理智。如果真的有人投訴她的行為不當，她應該早就接到通知了。費歐娜很高興自己打了這通電話，讓她拋下無謂的煩惱繼續前進。吃早餐時她心中那些不安，此刻都已煙消雲散。這世界並不像她所擔憂焦慮的模樣，這一點值得她牢牢記住。一個小時之後，當鮑林駕著車在擁塞的A69號公路往卡萊爾緩緩前進時，費歐娜已經全神貫注在她的法庭文件上。

兩個星期後，費歐娜完成了巡迴法院的任務，英格蘭北方的四個城市已經享有更多正義。她和傑克在克拉肯威爾區的某家餐廳共進晚餐，兩人坐在餐廳裡一個安靜的角落。一瓶葡萄酒擺在他們之間的桌上，因為他們還不需要馬上有過於親密的互動，因此兩個人都謹慎地喝酒。他們刻意避開可能破壞氣氛的話題，傑克以一種不熟練的溫柔口吻與費歐娜交談，彷彿她是一顆不定時炸彈，隨時可能爆炸。費歐娜除了詢問傑克的工作近況，還關心了他正在撰寫的新書，一本介紹古羅馬詩人維吉爾（Virgil）的作品。傑克深信這本書可以成為全世界各大專院校的教科書，並為他帶來大筆財富。費歐娜也有點緊張，只好提出一個又一個問題，覺得自己好像變成記者了。她希望能像他們初次見面時那樣觀察傑克，探索他身上一些她沒見過的迷人特質，如同多年前她愛上傑克時那樣。但是這實在太困難了，因為費歐娜已經太熟悉傑克的聲音和容貌，他的一切就像她自己的一樣。傑克臉上有一種堅毅而憂愁的神情，這一點當然充滿吸引力，但是已經無法再吸引費歐娜了。傑克的雙手擺在桌上的酒杯旁，費歐娜卻暗中希望傑克不要伸手過來牽她的手。

用餐結束前，他們已經把安全的話題都用盡了，陷入一種難堪的沉默。他們已經沒有食慾，甜點一口都沒吃，酒也還剩一半。雙方沒有說出口的相互指責像鬼魅一般縈繞在他們身旁。費歐娜的腦子裡仍想著傑克厚顏無恥的出軌，而在傑克的腦中，八成也認為她誇大了受到傷害的程度；起碼費歐娜是這樣猜想的。傑克出於勉強，開始聊起他昨晚去聽的地質學講座。在講座中，講師提到連續性的岩層堆積，能幫助人類了解地球的歷史，就像閱讀書籍一樣。在講座的最後，講師還推測：一億年後的未來，大部分的海洋都會沉入地幔中，大氣中沒有足夠的二氧化碳讓植物進行光合作用，地球表面也不再有任何生命跡象，只剩一片岩石沙漠。倘若有個具地質學家身分的外星人來到地球，它能透過什麼樣的證據來證明曾經存在的人類文明呢？在地表以下幾呎深的地方，石頭上有一道粗黑的線條，可以顯示已然荒涼的地球上曾經有生命存在。我們的城市、交通工具、道路、橋梁、武器等文明，還有以前的地質紀錄中找不到的化學混合物，全部會濃縮成一道炭黑色的地層，混凝土和磚塊會像石灰岩一樣被天候風化，而品質最佳的鋼鐵也會變成細碎的鐵痕。如果使用更加精細的顯微鏡觀察，還可能會發現岩層裡含有來自草原上的花粉。單調無趣的草原，是人類以前餵養大量牲畜的食材來源。如果外星人地質學家運氣夠好，還可能發現已經變成化石的牲畜骨頭，甚至是人類的骨頭。但是各種野生的動物，包括各種魚類，加總起來可能還不到牛羊數量的十分之一。講師最後做出結論：他已經預見未來會有大量滅種的情況發生，生命的種類已經開始逐漸減少。

傑克滔滔不絕地說了五分鐘，迫使費歐娜浪費了這段沒有意義的時間，宛如在沙漠中迷途，但這似乎是不可避免的結局，因為唯有談論這些內容，傑克才能再次變得生氣勃勃。費歐娜對這類話題實在沒有多大興趣，只覺得無比陰鬱蒼涼，彷彿有一股沉重的壓力從她的肩膀往下壓，直通她的雙腿。於是她把放在腿上的餐巾拿起來放到桌面，有如丟出白布表示投降，然後站起身來。

儘管傑克對費歐娜的舉動有些不解，但仍繼續說道：「這就是我們留下地質紀錄的方法。」

費歐娜對傑克說：「我想我們應該買單了。」然後便快步走進餐廳的女廁所。她站在鏡子前面，雙眼緊閉，並把梳子握在手中，萬一突然有人走進來，她可以假裝正在梳頭髮。她緩緩做了一次深呼吸。

費歐娜和傑克之間的破冰動作還不夠快，也不夠順利。但是，兩人在家裡時終於可以不必刻意迴避彼此，也不必冷淡或僵硬地比賽誰的禮儀比較周到，這對雙方而言，一開始都是一種解脫。他們開始一起吃飯，一起外出和朋友共進晚餐，一起聊天——但大部份是聊工作方面的事。但傑克仍然睡在客房，而當一個十九歲的外甥來過夜時，傑克就睡在客廳的沙發上。

到了十月下旬，時光彷彿再度倒流，宛如這令人疲憊的一年，還有一段最後的刑期未了，讓費歐娜再度被黑暗包圍。一連好幾個星期，她和傑克之間的關係又停滯不前，那種令人窒息的感覺就和以前一樣。但是費歐娜實在太忙也太累，晚上回家之後，已經無力再花費心思與傑克進行有助修補兩人關係的對話。費歐娜除了要審理原本歸她負責的案件之外，還在新的法院程序制訂委員會中擔任主席，並且於另外一個委員會中負責回覆家事法法規的修正報告。每晚吃完晚餐後，費歐娜如果還有體力，會自己一個人靜靜地練琴，因為她即將和馬克·伯納一同登台表演，必須先為彩排準備一下。傑克也非常忙碌，除了在學校幫一位生病的同事代課，回家後還要為他的新書撰寫一篇長長的導讀。

負責在大會堂籌辦聖誕音樂會的律師告訴費歐娜和伯納，他們兩人當晚將負責開場表演。他們的節目不能超過二十分鐘，安可曲最多也只能五分鐘。費歐娜和伯納已經決定表演白遼士的〈夏夜之歌〉以及馬勒〈呂克特之歌〉當中的「我輸給了這世界」，主辦單位設定的時間限制，對他們來說其實綽綽有餘。格雷律師學院合唱團將演唱蒙台威爾第[16]和巴哈的曲子，然後是弦樂四重奏演奏海頓的作品。許多格雷律師學院的法官每年都會定期聚在威格墨爾音樂廳，一起專注地欣賞馬里波恩室內樂，不過人數還不到全部法官的一半。這些法官都很熟悉室內樂的曲目。據說他們甚至可以在某個音符被彈奏之前就先查覺到出錯的可能。雖然這次的聖誕音樂會在開演前會先準備美酒供來賓享用，而且表面上看來，這不算是什麼專業或正式的音樂會，但是就業餘表演者而言，屬於相當高標的水準。有時候費歐娜會在黎明破曉前就起床練習，因為她不確定自己這次是不是真的準備得夠好，很想找些好理由推掉上台表演的義務。她覺得自己根本無法專心練習，而且馬勒的曲風又很難掌握，聽起來必須慵懶舒緩又泰然自若。

16 蒙台威爾第（Claudio Giovanni Antonio Monteverdi，一五六七～一六四三），義大利作曲家。

這種曲子會暴露出她練習不足，而且日耳曼民族渴望遺忘的情懷也讓她非常不自在。但是馬克・伯納對於這次的演出卻顯得興致勃勃，因為他的婚姻在前兩年觸礁，聽說最近有了新的交往對象。費歐娜相信，伯納一定希望自己能好好表現給觀眾席裡的某位小姐欣賞。他甚至還要求費歐娜要把這次演出曲目的樂譜全都默背下來，但是費歐娜告訴伯納，這項要求遠遠超出她的能力範圍所及，她頂多只能默背他們準備的三、四首簡短的安可曲。

十月底的某天早晨，費歐娜在一疊寄至法院辦公室的信件中，發現一個相當眼熟的灰藍色信封。當時鮑林也在辦公室裡，為了掩飾自己興奮又帶點恐懼的情緒，費歐娜把那封信拿到窗戶旁，假裝想看看樓下中庭裡發生什麼事。等到鮑林走出辦公室，她才從信封裡抽出一張信紙，那張信紙折成四等份，但是底部有被撕破的痕跡。信紙上是一首未完成的新詩，詩的名稱以大寫字母標示，還在詩名下方劃了兩條線。這首詩叫做〈亞當・亨利之歌〉。雖然字寫得小小的，但由於詩的內容很長，寫滿了整張信紙。除了這首詩之外，信中沒有其他隻字片語或附件。費歐娜瞥視了第一小段，但沒有心情繼續往下讀，就暫時把它擱在一旁。有一個困難的案子在半個小時後等她審理，雙方當事人是一對婚姻破裂的夫妻，分別提起訴訟與反訴。雙方都企圖守住自己雄厚的財富，並從對方的口袋裡狠撈一筆。總之，這個時間點並不是讀詩的好時機。

過了兩天，費歐娜才又再次打開信封。那時是晚上十點鐘。傑克去參加另一堂有關沉積岩層的講座，起碼他是這麼說的，費歐娜也選擇相信他。她仰臥在躺椅上，將那張被撕破的信紙攤放在腿上。費歐娜覺得這封信的內容有如一般生日卡片上的打油詩，但她還是強迫自己用心閱讀並接受它。如果作者認為這封信的內容是一首歌，她就說服自己相信這是一首歌，畢竟作者只有十八歲。

亞當・亨利之歌

我背著木頭十字架沿溪邊慢慢拖
當時我年少無知，為夢想飽受折磨
忍耐很愚蠢，夢想煩擾讓我有夠矬
但星期天的主日學教我要規矩生活

我的肩膀被磨傷，因為十字架沉重像鉛塊
我一生信仰虔誠，卻差點跟這世界說掰掰
歡樂的溪水邀請陽光共舞開懷
而我卻必須往前走，眼睛盯著地面發呆

一條魚兒躍出水面，鱗片上閃現虹彩
珍珠般的水滴舞動成一串銀色長龍
「如果你想要自由，就把十字架丟入河中」
所以我在洋蘇木下丟棄了肩上的負重

魚兒靠上我肩頭，給了我一個最甜蜜的吻
我喜悅地跪在河邊，就像最幸福的人
但她又潛入冰冷河中不聞不問
我滿臉是淚，直到聽見天使的號角聲陣陣

耶穌站在河中開口對著我說話
「魚兒是撒旦的使者，你將因此付出代價
她的吻是猶大之吻，她的吻背叛上帝之名
願他……

願他如何？最後一段的最後幾個字被作者用線條塗成一團，有些字刪掉之後又覺得可用，但又不確定是不是有更恰當的字可以取代，所以旁邊打上了好幾個問號。費歐娜又重讀了一次這首詩，但目的並不是想破解任何密碼。讀完之後，她仰臥在躺椅上緊閉雙眼。她知道亞當生她的氣，所以才把她比擬為撒旦。費歐娜開始想像該如何回覆亞當的這封信，但她知道自己不可能把信寄出，甚至不會寫下來。費歐娜希望平息亞當的怒氣，也想替自己辯駁。她選用一些老套的字眼：「我必須把你送走，這樣做對你最好。你還年輕，有自己的大好前程。」然後，費歐娜又把話說得更清楚。「就算我家裡還有空房間，也不可能收留你為房客，因為法官不可以做這種事情。」她又補上一句：「亞當，也許我是一條又老又臭的鱒魚，但我不是猶大……」最後的這句話，費歐娜只是輕描淡寫地替自己辯白。

給了亞當「最甜蜜的吻」，費歐娜理應受到懲罰，但她卻全身而退了。那個「最甜蜜的吻」只是她的無心之舉，她只想表達善意和歉意，因為她一直沒回信給亞當，儘管亞當非常期待她回信，最後甚至直接找上門來，無奈費歐娜還是必須把他送走。費歐娜把信紙收回灰藍色的信封裡，拿到房間，收在邊桌的抽屜中。這孩子過一陣子就會沒事的，也許他會重拾宗教信仰，也許會繼續寫一些與猶大有關的新詩。亞當寫的詩，目的是以戲劇化的詩句指責費歐娜的無情：親吻他之後，就馬上把他丟上計程車送走。無論如何，聰明的亞當將來一定可以順利通過學校考試，進入一所優異的大學就讀。他對費歐娜的感覺會逐漸淡去，在他漫長的人生旅途中，在他的情感世界裡，費歐娜將成為一個不重要的角色。

費歐娜和馬克·伯納在伯納律師事務所的地下室進行彩排。事務所的地下室空間很狹小，沒有任何裝潢。沒有人記得裡面的那架史坦威直立式鋼琴，當初是怎麼搬進去的，而且二十五年來都不曾有人打算搬走它，甚至沒有人移動過它。那架鋼琴的琴蓋上滿是刮痕與菸頭燙過的痕跡，但是琴鍵都還很靈活，音色也有如天鵝絨般滑順。室外是天寒地凍的天氣，自從入冬以來，格雷律師廣場的積雪深度頭一次高達一吋，但是在這間被他們稱為「彩排室」的地下室，儘管沒有暖氣，牆壁裡的古老管線會持續發出微弱的熱度，正好能防止鋼琴受凍，不致失去音準。地下室鋪設的地毯，年代可以回溯至六〇年代，質料是一種咖啡色條紋的光面尼龍布，當初直接黏在水泥地面上，如今邊緣處都已經不聽話地往上翻翹，容易使人絆倒。彩排室的光源來自一盞一百五十瓦的燈泡，燈泡外沒有加裝燈罩，直接旋入低矮天花板的燈座裡。馬克以前曾經想要加裝燈罩，光線才不會那麼刺眼。地下室除了一個樂譜架之外，唯一的家具是一張不太牢固的廚房餐椅，上面堆放著他們的大衣和圍巾。

費歐娜坐在鋼琴前，放在腿上的雙手握拳以保持溫暖，眼睛則看著面前的樂譜，曲目是白遼士的〈夏夜之歌〉，鋼琴與男高音版。費歐娜記得家有一張老舊的唱片，是卡娜娃[17]演唱的版本，但她已經好多年沒有看過那張唱片了，而且就算手邊有那張唱片，對他們的彩排也沒有什麼幫助。他們需要趕緊練習，因為目前為止他們只排練過兩次。然而，伯納前一天出庭時

17 卡娜娃（Kiri Te Kanawa，一九四四～），紐西蘭人，被譽為世界第一抒情女高音。

受了氣，到現在還沒消氣，想向費歐娜吐吐苦水，並且分享他未來的計畫。他不打算繼續從事法律工作了，他受夠了。當律師不僅太悲傷、太愚蠢，也太浪費青春。這些話都是老生常談，費歐娜早就聽得麻木，但是坐在琴凳上發抖的她，覺得自己好像有義務要當個傾聽者。儘管如此，費歐娜還是忍不住一直盯著樂譜上的開場小節——男高音吟唱法式短詩，鋼琴手則輕柔地重複和弦。她可以採取跳躍的斷奏彈出八分音符，或者想像一種甜美的旋律，或是以自己平淡無奇的方式來詮釋法國詩人泰奧菲爾·戈蒂耶（Pierre Jules Théophile Gautier）的第一行詩——

當新的季節來臨，當寒冷全都散盡……

讓伯納受氣的案子裡，當事人是四個年輕人，他們在塔橋附近的酒吧外與另外四名年輕人偶遇，結果一言不和，雙方打了起來。八個人都喝醉了，但是最後只有伯納的四名當事人被逮捕並起訴。陪審團認為這四個人犯了重大傷害罪，並且同意檢方的看點，將該四人視為共同正犯——無論他們個別的犯行為何，都必須處以相同的刑罰，因為在這場鬥毆事件中，他們四人從頭到尾都在現場。陪審團做出判決後，該四名年輕人在一個星期內就必須立刻服刑，南華克法院的法官克里斯多夫·克蘭罕並且表示，四名被告將會處以重刑。韋恩·加拉格爾是四名被告之一，他的親戚在這時才焦急地聘請伯納為他們辯護，由四名被告的家人與朋友一起出錢集資，加上從網路上募款，才湊出兩萬英鎊的律師費。他們希望聲名顯赫的伯納律師能在加拉格爾被判刑之前，說服克蘭罕法官從輕量刑。原本免費提供辯護的法律援助處律師被解雇，儘管他既盡職且勝任無誤，另一名助理律師則繼續留任。

伯納的客戶韋恩·加拉格爾年僅二十三歲，來自達爾斯頓區，喜歡做白日夢，個性不太實際，但他最主要的問題是太過被動，而且經常失約。他的母親是個酒鬼兼吸毒者，父親也和母親一樣糟糕，而且在韋恩的童年時期經常不在家，導致韋恩年輕的人生充滿混亂且覺得備受忽視。韋恩很愛他的母親，並堅稱母親也很愛他，從來不曾打他。韋恩青春期大部分的時間都在照顧母親，所以經常缺課。十六歲那年，他開始靠從事一些低階工作餬口，例如在工廠裡當拔雞毛的工人、在倉庫搬運重物，或者挨家挨戶投遞廣告信函。他從來不曾申請失業津貼或住屋補助。五年前，十八歲的韋恩遭到一名少女惡意指控他強暴，讓他進少年監獄吃了幾個星期的牢飯，後來在嚴格的條件下才得以假釋出獄六個月。當初其實有清清楚楚的手機簡訊可以證明韋恩和那名少女的性行為是你情我願，但是警方不肯進一步調查，因為他們有業績壓力，必須達成規定的強暴案件偵破率，而韋恩．加拉格爾就是幫他們達成目標的工具。不過，在開庭審判的頭一天，原告的好友提出了這項該死的證據，讓警方無法繼續辦這個案子。原本大家以為是受害者的原告，控告韋恩的理由竟然是因為想買一台新的遊戲機，她想藉著刑事傷害賠償撈到一筆錢，並且用簡訊把自己的意圖傳給好友知悉。控方律師獲悉真相時，還氣得把假髮扔到地上，嘴裡碎念著：「真是個笨ㄚ頭！」

「韋恩．加拉格爾人生中的另一個污點，發生在他十五歲那年。」伯納告訴費歐娜，「他故意把一名警察的頭盔打掉，雖然只是一次愚蠢的惡作劇，卻因此留下『襲警』的前科。」

春天來了，我親愛的你。這是情人最受祝福的季節。

馬克．伯納站在費歐娜的左手邊，面前是樂譜架。他穿著黑色牛仔褲和黑色馬球領毛衣，這身打扮讓費歐娜聯想到「垮掉的一代[18]」。馬克與「垮掉的一代」形象不符的唯一一點，就是掛在脖子上的老花眼鏡。

「你知道嗎，當克蘭罕法官告訴那些小伙子等著面對重刑時，其中兩人居然表示他們希望馬上開始服刑，簡直溫馴得像小羊一樣，也笨得像準備排隊進烤箱的火雞。韋恩．加拉格爾不得不跟著他們一起馬上坐牢，即使他心裡希望利用最後一個星期多陪陪他的女友。他女友才剛剛生下他們的孩子。所以我不得不大老遠跑到倫敦最東邊的泰晤士密德區，到那個鬼地方去與韋恩碰面。」

費歐娜一面翻著樂譜，一面說：「我去過那裡。那裡還不錯啊，比大部分的地方都好。」

來吧，來這片長滿青苔的河岸，訴說我們之間不可思議的情愛……

「你來評評理。」伯納又接著說：「四個來自倫敦的小伙子。加拉格爾、昆恩、歐魯克、凱利，全都是愛爾蘭裔的第三代或第四代，操倫敦口音。他們都讀同一所學校，一所還不錯的綜合學校。那個逮捕他們四人的警官，只不過問了他們的名字，就胡亂認定他們是無惡不做的壞蛋，這樣警方就不必麻煩再去逮捕另外四個年輕人了，而且檢方一下子就認定他們四人是共同

18 垮掉的一代（Beatnik），指一九五〇年代至一九六〇年代中期的文化潮流，詩人艾倫．金斯堡為代表人物。

正犯，因為這就是他們對待幫派份子的方式，簡潔有力又省麻煩。」

「馬克，我們應該繼續練習了。」費歐娜小聲地說。

「我快說完了！」

那場鬥毆發生時，兩台監視攝影機拍下了完整的過程。

「拍攝角度完全沒有問題，每個人都被拍得清清楚楚，雖然沒有錄下聲音，但是畫面是全彩的，就連細微小地方也清晰可見，即便是大導演馬丁．史柯西斯也不見得能拍出更好的畫面。」

馬克．伯納只剩下四天來搶救這個案件，他只能不斷地播放並倒帶，重複檢視那兩台監視攝影機所錄下的打鬥場面。在那八分鐘內，伯納必須清楚記得每個人的一舉一動，死命牢記韋恩．加拉格爾與另外七個人先後做出哪些動作。他仔細看過雙方人馬初次相逢的畫面，他們在一條寬闊的馬路遇上，馬路旁是一家打烊的商店和一座電話亭。這兩群人突然起了口角，有人出手推了對方，於是這些年輕氣盛的男孩子就開始互相拉扯，在路旁動起手起來。有人伸手抓對方的手臂，有人用掌推開對方的肩膀。原本站在後方的韋恩．加拉格爾，把手高高舉起時，不巧打中對方某個人，導致雙方開始動粗。其實他那隻手舉得很高，而且他站在很後面，加上另一隻手裡還握著啤酒罐，所以舉手時根本沒有什麼力道，被他打中的那個人甚至沒有感覺，但雙方人馬這個時候已經劍拔弩張。站在人群最外圍的加拉格爾突然又把手裡的啤酒罐丟出來，他只是低低地丟，原本被他瞄準的那個人也沒被打中，但是衣領卻被灑出來的啤酒噴到。為了替同伴報仇，對方人馬當中的某人立刻站出來，往加拉格爾臉上狠狠地揍了一拳，把他的嘴唇打裂了，讓他無法參與後續的鬥毆，因為他被打傻了。他先是呆站了一會兒，看起有點恍神，然後就離開了打架現場，走出監視攝影機的畫面外。

加拉格爾沒有繼續參與那場鬥毆，但是他的老同學歐魯克挺身而出，朝著毆打加拉格爾的那個傢伙揮出一拳，將對方打倒在地。那個男孩倒地後，加拉格爾另一位朋友凱利又用腳狠踹他，踢碎了他的下巴。三十秒鐘後，對方陣營中又一個人倒地，這次是被昆恩踢倒的，而且昆恩還把那個人的臉頰骨踹裂。警方抵達現場時，最先出拳打加拉格爾的那個男孩已經從地上爬起，逃到他女朋友家躲藏，他不想因為被警方逮捕而丟了工作。

費歐娜看著手表。「馬克……」

「我快說完了，法官大人。重點是，我的當事人什麼都沒做，他只是呆呆站在那裡等警方抵達。他當時滿臉是血，看起來確實很像罪人。因為對方陣營中不止一個人斷了骨頭，符合重傷害罪的要件，所以警方以多件重傷害罪起訴他們四人。開庭時，檢方認定他們皆為二級重傷害罪的共同正犯，一般刑期為五年至九年。其實這種情況屢見不鮮——我的當事人完全沒有參與鬥毆，卻必須因為別人的犯行而被處以重刑，可是他根本不該被起訴。他當然辯稱自己無罪。其實他可以據理力爭，但因為一開始這不是我的案子，當時我不在場，無法替他辯護。法律援助處的律師應該要把加拉格爾當時滿臉是血的照片出示給警方，但是他們沒有。另外，那個下巴被踢碎的傢伙拒絕提出被害人陳述書，他直接出庭擔任檢方證人，並表示自己並不清楚為什麼需要這麼小題大作。他還告訴法官自己只受一點小傷，沒上醫院求診，而且在鬥毆事件兩天後就到西班牙渡假去了。受傷後的前幾天，他還用吸管喝伏特加。報告完畢——那些證詞都是那傢伙自己說的，法庭的筆錄記載得清清楚楚。」

費歐娜聽馬克·伯納滔滔不絕地說著，雙手攤開放在鋼琴琴鍵上的和弦位置，但是沒有彈出來。

我們回家去吧，帶著裝滿野莓的籃子。

「我已經無法改變陪審團的裁決。我整整花了七十五分鐘，試圖區隔韋恩．加拉格爾與其他人的犯行，並設法將他們被判定的二級重傷害罪減輕為三級傷害罪，三級傷害罪的刑期為三年到五年。除此之外，我還強調法律曾經無憑無據地判處加拉格爾強暴罪，剝奪了他六個月的自由。如果今天加拉格爾可以被處以緩刑，愚蠢的法律就還算有一點價值。另外三位法律援助處的助理律師也分別為他們的客戶辯護了十分鐘，最後克蘭罕法官才做了總結。我覺得克蘭罕根本是個懶惰的混蛋。很好，罪刑被減輕為三級傷害罪，感謝上帝，但克蘭罕依舊認為他們四人是共同正犯，完全忘了我之前提到法律還虧欠我的客戶六個月的自由時間。克蘭罕判了他們四個人各兩年半的刑期，簡直是懶惰又邪惡。旁聽席上其他三人的父母都已經如釋重負，開始啜泣，因為他們本來以為刑期至少五年以上。我想，我替他們所做的應該還算有點幫助吧？」

費歐娜表示：「克蘭罕法官本來就有自由裁量權，他判四名被告最低的刑期，你們算是相當幸運的。」

「那並不是重點，費歐娜。」

「我們開始吧。我們剩下不到一個小時的練習時間。」

「聽我把話說完，因為這是我的辭職演說。那四個年輕人都不是無業遊民，而且，看在上帝的份上，他們全都是納稅人！我的當事人沒有傷害任何人，他只是出身背景不夠好，但是他都即將當爸爸了。至於凱利，他在工作之餘還幫忙訓練一支青年足球隊，而歐魯克週末時會固定前往一個為膽囊纖維化病患募款的慈善機構義務服務。那場鬥毆根本不是隨機對著無辜的路人進行攻擊，只是在酒吧外發生口角，擦槍走火。」

費歐娜在樂譜前抬起頭來。「但有必要把對方的臉頰踹到骨折嗎？」

「好吧，就算是一場鬥毆，那也是一群成年人你情我願的行為，為什麼要把這些傢伙送進監獄？加拉格爾只不過揮了兩次傷不了人的拳頭，以及丟了一個幾乎已經空了的啤酒罐，就必須葬送兩年半的時間在監牢裡。他將永遠留下傷害罪的前科紀錄，問題是他根本沒有犯過這樣的罪行。他會被送進貝爾馬許監獄裡的伊希斯青少年犯部門，你知道那個地方。我曾經去過幾次，貝爾馬許監獄的網站對外宣稱，伊希斯青少年犯部門裡設有一個「進修學院」，根本是鬼話連篇！我有個客戶在那裡坐牢，他一天當中有二十三個小時被關在牢裡，原本每星期安排的課程都被取消，官方說法是因為人手不足。那個克蘭罕故意裝出疲憊的模樣，假裝自己不想再多聽藉口，但他其實根本不關心那些孩子的未來，一心只想把他們全都丟進像垃圾場的監獄，任憑年輕的生命在牢裡發酸發臭，並在監獄中學習如何成為真正的罪犯！費歐娜，你知道我最大的錯誤是什麼嗎？」

「是什麼？」

「我為他們辯護時，一直試著把這場鬥毆解釋成酒後脫序的行為，試著把這次的暴力事件解釋成雙方人馬彼此合意的行為。所以我對克蘭罕法官說：『如果這四個年輕人是牛津大學布靈頓俱樂部的成員，他們現在根本不必站在您的面前，法官大人。』但是我話一說完就有一種不祥的預感，等我回到家上網一查克蘭罕法官的學經歷，你猜怎麼著？」

「哦，這也太不巧了。馬克，我想你需要好好放個假，休息一下。」

「面對現實吧，費歐娜，這社會就是一場該死的階級戰爭！」

「相對於家事法庭每天審理的案件，我覺得你這個案子根本就像香檳酒和野莓一樣美好。」

費歐娜不等馬克・伯納接話，直接開始彈奏曲子一開頭的十個小節——柔美而不間斷的和弦。她用眼角餘光偷瞄伯納，看見他默默地把老花眼鏡戴上，然後依照作曲家所標示的「輕柔」註記，以男高音演唱出美麗動人的歌聲。

當新的季節來臨，
當寒冷全都散盡……

接下來的五十五分鐘，他們終於全神貫注地練習，把法律完全拋在腦後。

時間來到十二月，費歐娜在音樂會當天晚上提早於六點鐘回到家，匆匆忙忙洗了個澡，準備換上禮服。她聽見傑克在廚房裡發出的聲音，於是從浴室走回主臥房時向傑克打了聲招呼。傑克在冰箱旁邊彎著腰，含糊地應了費歐娜一聲。四十分鐘後，費歐娜穿著黑色絲質晚禮服和黑色漆皮高跟鞋出現在走廊上。她覺得這雙高跟鞋很好穿，可以讓她輕鬆掌握平衡感。費歐娜還在脖子上戴了一條樣式簡單的銀色項鍊，並且噴上名為「左岸」的香水。客廳那台很久沒人碰過的音響傳來優美的鋼琴演奏樂，是爵士鋼琴演奏家凱斯．傑瑞的專輯唱片《與你面對面》。費歐娜站在臥室房門前遲疑了一會兒，靜靜地聆聽著音樂。她已經好長一段時間不曾聆聽這張旋律流暢的專輯，幾乎忘了裡面的曲子多麼充滿自信。當傑瑞的左手加入搖滾式的和弦時，那股音樂的力量幾乎勢不可擋，就像是持續加速的蒸汽火車頭。只有經歷過古典音樂薰陶的鋼琴家，才能夠像傑瑞一樣雙手各司其職、互不干擾。至少費歐娜是這麼認為的。

這張專輯是傑克要給費歐娜的訊息，因為它是多年前傑克和費歐娜享受魚水之歡時最愛播放的三、四張專輯之一。當時，費歐娜考完了期末考，也演完了清一色由女學生擔綱演出的舞台劇《安東尼與克麗奧佩托拉》，傑克說服她第一次留下來過夜。後來兩人又在屋簷下那間東面牆上有小洞的閣樓臥房裡共度幾十個浪漫的夜晚。費歐娜在那個時候才恍然明白，性愛帶來的狂喜遠遠超過言語所能形容。當時費歐娜甚至開心得大叫，那是她七歲以後就不曾有過的反應。她還曾經興奮得往後搖搖欲墜，彷彿將跌入遙遠的無人空間。她和傑克曾經在完事後並排躺在床上，將床單拉到他們的腰際，就像電影中那些電影明星交歡後的樣子。傑克和費歐娜也曾拿費歐娜狂浪的呻吟聲開玩笑，表示幸好樓下沒有人。當時傑克留著一頭長髮，外型又酷又帥。他對費歐娜說：費歐娜的意亂情迷，是他有生以來所得到最棒的鼓舞。費歐娜則告訴他：她也想不透自己怎麼會有如此激烈的反應，那股力量彷彿發自她的脊椎或骨髓，她不知道自己還能不能重現一次，而且如果又發生一次，她會不會因為愉悅過度而死。後來費歐娜確實又體驗了那種高潮，而且一次又一次。當時她還很年輕。

在那段日子裡，只要費歐娜和傑克沒有同床共枕，傑克就會播放爵士樂來誘惑她。傑克欣賞費歐娜的鋼琴演奏技巧，但還是希望她能夠偶爾放輕鬆，不要老是拘泥在古典音樂那種嚴謹死板的樂譜中。他介紹費歐娜聆聽爵士鋼琴家瑟隆尼亞斯．孟克的《午夜時分》專輯，還買了相關曲目的樂譜給費歐娜，全都是不難演奏的曲子。不過，費歐娜演奏出來的版本過於柔順，缺乏特色，聽起來反而像德布西哪首不知名的作品。傑克安慰費歐娜不必太在意，因為許多偉大的爵士樂大師都很崇拜瑟隆尼亞斯．孟克，並且學習他的演奏技巧。費歐娜又把專輯聽了一遍，她堅持要學會孟克的演奏技法，於是再次彈奏那些樂譜，卻仍無法表現出爵士樂的風情。費歐娜的詮釋缺少了一點生命力，也缺少了掌握切分音的本能，還有爵士樂那種自由自在的態度。她的手指只會呆板地順從樂譜上的每個音符。最後她對傑克說，或許這就是她選擇法律這條路的原因，因為她是個懂得尊重規則的人。

儘管費歐娜放棄了演奏爵士鋼琴，但她學會了欣賞爵士樂，而且在眾多爵士樂手中，她最喜歡的就是凱斯．傑瑞。她甚至還曾經款待傑克到羅馬的古競技場欣賞凱斯．傑瑞的演奏會。費歐娜在那場演奏會中見識了傑瑞精湛的技法及與生俱來的表演才能，簡直就像莫札特一樣。

即使已經過了這麼多年，費歐娜現在一聽見這張專輯，往事依然記憶猶新，提醒她當年他們有多麼幸福。傑克這時候播放這張唱片，顯然是別具用心的選擇。

費歐娜沿著走廊往客廳走去，但是佇足在客廳門口。看來傑克已經忙了好一會兒：客廳裡好幾顆壞了許久的燈泡被換成新的，客廳各個角落也點上了蠟燭。傑克還把窗簾拉上，將冬季傍晚的雨絲擋在窗外。除此之外，壁爐的爐火也已經生好了，這是過去一年多以來的頭一遭，而且就連生火需用的木頭和煤炭也全備齊了。傑克站在壁爐旁，手裡拿著一瓶香檳。他面前的矮桌上，擺放著一盤點心，裡面有煙燻火腿片、橄欖和乳酪。

傑克穿著黑色西裝和白色襯衫，儘管沒有打上領帶，看起來依舊時尚典雅。他走向費歐娜，交給她一只香檳酒杯，先將她的酒杯斟滿，然後才為自己也倒一杯。當他們兩人舉杯互敬時，傑克的表情一臉正經。

「我們時間不多了。」傑克說。

費歐娜以為傑克是指他們差不多該啟程出發前往大會堂了。雖然在表演前喝酒並非明智之舉，但費歐娜不在乎。她又喝了第二口，然後跟著傑克走到壁爐旁。傑克端起點心盤，她挑了一小塊帕瑪森乳酪，然後兩人分別站在壁爐的兩側，身體輕輕倚著壁爐架。費歐娜覺得她和傑克就像兩尊裝飾壁爐的雕像。

傑克說：「誰知道還要付出多少代價？我們沒剩幾年的時間了。我們要不就是重新展開人生，好好活過一次；要不就是放棄人生，接受悲慘的際遇，從現在直到生命結束。」

費歐娜沒想到傑克竟然又重提這個老話題：及時行樂；於是她舉起酒杯，嚴肅地表示：「那就重新展開人生吧！」

她看見傑克臉上的表情有了些微的變化，彷彿鬆了一口氣，但除此之外還有一種熱烈的情緒波動。

傑克又替費歐娜斟滿了酒杯。「說到這兒，我差點忘了稱讚你，你這件禮服真美。你今晚非常漂亮。」

「謝謝你。」

他們一直注視著彼此，最後實在有點尷尬，只好走向彼此，親吻了對方，接著又親了一次。傑克把手輕放在費歐娜的背上，但沒有像以前一樣，順勢往下滑至她的臀部。他希望一切按部就班，先以優雅溫柔的方式輕輕觸碰費歐娜。要不是待會兒有一場盛大的音樂會和推辭不掉的社交義務等著他們，費歐娜相信他們兩人肯定會往下一個階段進展。偏偏她的琴譜就擺在她身後的沙發上，而且他們必須穿戴整齊參加這場盛會，於是他們只能緊緊擁抱彼此，並且又親吻了一次，然後才離開對方的懷抱，各自拿起酒杯，乾杯後一飲而盡。

傑克用一個設計精巧的栓子將香檳瓶口封緊，這個酒栓是多年前費歐娜送給他的聖誕禮物。「剩下的酒，我們待會兒慢慢喝。」傑克說完這句話，兩個人同時笑了出來。

他們分別拿起外套，出發前往音樂會。雨水已經將積雪融化，穿著高跟鞋的費歐娜輕輕挽著傑克的手臂，兩人步行前往大會堂。傑克撐著雨傘，豪邁地將雨傘往費歐娜那一側傾著，無視自己正被雨水淋濕。

「你要上台表演。」傑克說：「況且你這件禮服這麼漂亮。」

會場內大概有一百五十個人左右，大家手裡拿著酒杯，交談和笑聲不絕於耳。雖然現場準備了座椅，但是目前還沒有人坐下。舞台上有一架法吉歐利鋼琴和一個樂譜架。格雷律師學院的成員、法院的法官，費歐娜在法院的同儕與社交圈的朋友，大部分都聚集於此，這些全都是她三十多年來合作過或對立過的人。現場還有許多地位顯赫之人，不少來自外部，有些來自林肯律師學院，有些來自內殿律師學院和中殿律師學院，例如首席大法官，另外還有幾位大法官、幾位上訴法院的法官、兩位最高法院的法官、總檢察長，以及一群知名律師。一些法律機關的行政主管，他們平常專門決定別人的命運、剝奪百姓的自由，但今晚突然變得有幽默感了，而且還有閒話家常的熱情。會場內的嘈雜聲讓費歐娜覺得震耳欲聾，而且她和傑克走進場內還不到幾分鐘，兩人就已經看不見彼此的身影，因為有人過來請教傑克一些關於拉丁文的問題，而費歐娜則被拉進一個嚼舌根的小團體，聊一些關於某位古怪資深法官的八卦消息。費歐娜幾乎不需要到處打招呼，因為她的朋友全都一個一個過來上前擁抱她，祝她待會兒表演順利，還有一些不熟的人也主動握她的手。唯有格雷律師學院的社區委員會，才有本事在音樂會開始前先舉辦一場派對。費歐娜心裡默默盼望，希望酒精可以軟化威格墨爾音樂廳那些批判家的嘴。

一名端著銀盤的服務生走過費歐娜身邊，她忍不住誘惑，拿起了一杯酒。這時她突然看見馬克·伯納就站在大約五十呎外，與她相隔一百人左右的距離，對著她猛揮手，示意她不宜喝酒。伯納是對的，上台表演前實在不適合把自己灌醉。於是她朝著伯納高舉起酒杯，啜飲了一小口。此時又來了一個在高等法院服務的老朋友，硬把她拉去見見一位「才華洋溢」的律師——那位年輕的律師「恰巧」是他侄子。為了不讓這個自豪的叔叔失望，費歐娜只好故作熱情地與那位說話結巴的清瘦年輕人聊了幾句。後來又有一位老朋友硬插進來找費歐娜，一位中殿律師學院畢業的女律師。女律師先擁抱了費歐娜，然後就把她拉去一個全是年輕女律師的小圈子聊天。她們告訴費歐娜，她們根本爭取不到好案子，因為好案子都被男性律師搶走了。儘管她們是以說笑的口吻來陳述事實，但仍然難掩激動的情緒。費歐娜開始渴望能有風趣一點的人來找她聊天。

服務人員開始在擁擠的人群中提醒大家：音樂會即將開始，於是人們不情不願地往座位的方向移動。要這些人從喝酒聊八卦的模式立刻轉換為欣賞莊嚴的音樂，一開始有點困難，但酒杯都被服務人員收走之後，原本不絕於耳的喧嘩聲也消失殆盡。費歐娜準備從舞台右側的角落上台時，突然感覺到有人拍拍她的肩膀。她轉過頭，是負責審理瑪莎・朗文案的薛伍德・蘭西。蘭西不知為何打了一條黑色的領帶，他那身裝扮完全突顯出他是一個有著大肚腩的老男人，看起來既彆扭又可悲。蘭西把手放在費歐娜的肩膀上，打算告訴她一則她可能想知道但報紙媒體沒有刊登的消息。於是費歐娜將身子貼近蘭西，以便聽清楚蘭西的話。她此刻所有的心思都在稍後的表演上，心跳也因為緊張而加快不少，所以無暇理會蘭西到底想說什麼，然而從蘭西口中說出的一字一句，還是清清楚楚地傳進她的耳朵裡。費歐娜無法置信，希望蘭西重述一遍，但是在她前面的伯納這時回過頭看著她，露出不耐煩的表情。於是費歐娜趕緊挺直身子，向蘭西說了聲謝謝，就趕緊跟上伯納，走到舞台的樓梯旁。

他們站在舞台下方等待觀眾坐定，並等候工作人員提示他們上台的時機。馬克．伯納問費歐娜：「你還好嗎？」

「我還好。為什麼這麼問？」

「你的臉色看起來很差。」

「嗯。」

費歐娜不自覺地伸手以指尖順順頭髮，另一隻手裡則拿著樂譜。她將樂譜握得更緊了些。她的臉色真的看起來很差嗎？她偷偷估算一下自己剛才到底喝了幾杯酒。自從伯納警告她不可喝酒之後，她大概只啜飲了三口，因此前後加起來大約是兩杯，她還可以撐得住。馬克．伯納牽著她走上台階，兩人上台後就直接走到鋼琴旁。他們低下頭向觀眾鞠躬時，立刻聽見觀眾熱烈無比的掌聲，宛如球隊回到自家主場比賽時受到的熱情歡迎。畢竟，這已經是他們第五次在大會堂舉辦的聖誕音樂會表演。

費歐娜坐上琴凳，擺好樂譜，調整好琴凳的高度，然後深深吸了一口氣，再輕輕地吐出來，試圖將剛才和那位說話結巴、工作過度的年輕律師所聊的內容全趕出腦外。當然，還有剛才蘭西告訴她的那件事。她不能去想，她現在沒有時間思考那件事。伯納對著費歐娜點點頭，讓她知道他已經準備好，於是費歐娜的手指立刻在面前這台巨大的樂器上彈奏出柔美流暢的和弦，儘管她的心思彷佛跟不上自己彈奏出的音符。伯納的男高音完美精準地切入，而且經過不到幾個小節，費歐娜的琴音和馬克的歌聲便已經完全融合成一體，這是他們彩排時很少達到的境界。費歐娜和伯納不再只是專注於把音符彈對、把歌曲唱好，此刻的他們可以毫不費力地完全融入音樂中。費歐娜突然覺得，除了她剛才喝酒喝得恰到好處，這架法吉歐利鋼琴平順穩重的琴音也提升了她的琴藝，讓她相信她和馬克可以輕鬆自在地順著樂章表演下去。伯納的歌聲在她耳中聽起來格外溫暖，與鋼琴聲完美配合，沒有一絲絲他偶爾出現的不和諧顫音，顯示他非常自在地探索白遼士在這首法式短詩中所欲呈現的喜悅。接下來的詠嘆調，伯納悲傷的情懷也與曲調貼切吻合。**啊！在沒有愛情的海邊！**費歐娜覺得那些音符彷佛是鋼琴自己彈奏出來的，她的手指觸碰琴鍵時，感覺有如自己是坐在台下的觀眾，她只需要坐著，音符就會自動流瀉而出。總之，她和伯納的表演宛如進入一個超然的音樂空間，超脫了時間和目的。不過，她仍依稀感知到有一件事等著她面對，雖然不太強烈，但仍像是在她熟悉的風景中染上了不該存在的污痕。或許那污痕並不存在，或許那污痕不是真的。

費歐娜和伯納完成了這次夢幻般的演出，他們並肩站在觀眾面前，接受屬於他們的如雷掌聲。但其實他們每一次表演後都能獲得非常響亮的掌聲。大會堂是個有愛的地方，表演得愈差的節目，觀眾給予的掌聲通常愈大聲。費歐娜瞥見伯納眼中閃耀的光采時，她才真的確定他們剛才的表演已經超越業餘水準的框架。他們確實為今晚的曲目添注了不同的生命力。假如台下的觀眾席中有一位伯納希望贏得芳心的女性，他這種老派的追求風格，肯定會讓對方深深愛上他。

費歐娜和馬克接著開始表演馬勒時，全場又頓時回歸靜默。首先是費歐娜的獨奏，這段前奏相當長，因此有人認為這一段其實是鋼琴家自己添上去，而且演奏時要有無比的耐心。兩個音符先試探性地響起，重複彈奏之後又加入另一個音符，變成三個音符重複彈奏，這一小段演奏到最後，才加入第四個音符，發展成為馬勒作品中最迷人的旋律之一。費歐娜演奏時並不羞怯，她甚至表現得像一流鋼琴家一般，將中央C音以上的特定音符處理得有如悅耳的銀鐘般流暢。除此之外，費歐娜深信自己的技法已經足以讓聽眾覺得自己聽見的是管弦樂版本的豎琴聲。而當馬克·伯納開口時，他已經充分表現出決心離開法律界的精神。基於某些理由，伯納堅持以英文而非德文來演唱這段曲目，通常只有業餘演唱家才有這種自由選擇的權利，但好處是聽眾可以馬上聽懂歌詞，內容是描述一個人打算離開這個喧囂的塵世。**對這個世界而言，我**

真的倒不如死了才好。伯納和費歐娜都注意到他們已經深深抓住觀眾的心，而且他們的表現也已提升到另一個層次。然而，費歐娜心裡很清楚，她正踏著莊嚴的步伐邁向一樁可怕的悲劇。無論那消息是真是假，一切都要等到她的表演結束後，她才能去面對。

掌聲再度響起，費歐娜和馬克兩人微微鞠躬致謝。觀眾不斷喊著安可，甚至還有人熱情地跺腳，而且愈跺愈大聲。費歐娜和馬克兩人互看彼此一眼，馬克的眼眶中噙著淚水，但費歐娜覺得自己臉上的微笑十分僵硬。她坐回鋼琴琴凳，突然覺得嘴裡彷彿有一股金屬味。觀眾又安靜下來，費歐娜把手放在大腿上，低著頭，沒有抬頭看馬克是否準備妥當，就這樣過了幾秒鐘。她和馬克很早以前就已經決定安可曲要以不看譜的方式表演舒伯特的〈音樂頌〉，這首曲子大家耳熟能詳，而且深受喜愛，選這首曲子作為安可曲，鐵定萬無一失。費歐娜把手放到琴鍵上的準備位置，但是依然沒有抬頭，直到全場已經安靜得可以聽見針掉落地板上的聲音，她才開始演奏。或許是受到舒伯特鬼魂的祝福，一開始她彈奏得很順手，但是接著上揚的三個音符，費歐娜沒有把和弦彈好，第二次又沒彈好，最後竟然彈成了另外一首曲子。她以小聲且反覆的音符來襯底，也許這是她向白遼士致敬的手法，但是觀眾也不敢確定。馬勒那種陰鬱的曲風，可能也在不知不覺中影響了英國作曲家班傑明．布瑞頓。費歐娜最後把〈音樂頌〉彈成了

〈走過散柳花園〉，而且沒有因為自己臨時改變曲目向馬克表達歉意，她臉上的表情就像剛才的笑容一樣僵硬，眼睛只注視著自己的雙手。馬克只花了短短幾秒鐘的時間來應變，但是他立刻就調整好呼吸，面帶微笑地唱出優美的歌聲，並且在演唱第二段的歌詞時，以更加動人的嗓音來詮釋。

我和我的情人，佇立在河畔的田野上。
她那雪白的手，搭在我微斜的肩膀。
她勸我要放輕鬆，像小草在水壩上自在地生長。
但是我當時年少無知，如今只能淚濕衣裳。

音樂會中總是有許多不吝給予掌聲的觀眾，但是肯起立鼓掌的觀眾並不多見，因為那是流行歌曲演唱會中才有的場面，就像是大聲呼喊表演者的名字，或是猛吹口哨之類的舉動。但費歐娜此刻看見了觀眾這種熱情的反應，除了幾位司法機關的高層人士略為遲疑之外，其餘的觀眾全都起立鼓掌，有些年輕熱情的觀眾甚至大聲叫好並吹狂口哨。馬克．伯納獨享了這份榮耀，他將一隻手搭放在鋼琴上，一面點頭微笑致意，一面疑惑地看著費歐娜低頭快步走下舞台，推開等著上台的弦樂四重奏表演者，匆匆忙忙走出了出口。觀眾都以為費歐娜的舉止是因為這次表演的經驗深深震撼了她的心，因此當她迅速走過觀眾席時，她的法官同儕和朋友便懷著憐惜之心，特別用力鼓掌。

費歐娜在衣帽間找到自己的大衣並穿上，她無視外面的傾盆大雨，踩著高跟鞋盡可能快速走回家。客廳裡的燈和蠟燭都還亮著，費歐娜和傑克出門時粗心地忘了關燈及熄滅蠟燭。她身上還穿著大衣，被雨淋濕的頭髮全都塌了，水滴順著脖子流到背上。她動也不動地站著，試著回想當初那位社工人員的名字。這段日子裡發生太多事情，以致費歐娜已經許久不曾想起這位女士。費歐娜先記起了她的臉，然後在心裡聽見一個聲音，對，她想起來了：瑪莉娜．格林。費歐娜從包包裡拿出手機，撥打了瑪莉娜的電話號碼。她先為自己這麼晚打擾對方表達歉意，然後以簡短的方式交談，因為她可以感覺到瑪莉娜的疲憊與不耐，而且旁邊還傳來嬰兒的哭鬧聲。關於那個消息，答案是肯定的。瑪莉娜確認了那項消息的真實性，事情發生在四個星期前。瑪莉娜把自己所知道的情形都告訴了費歐娜，並表示自己相當驚訝竟然沒有人通知法官。

費歐娜仍然佇立在原處，目光呆滯地看著傑克稍早準備的點心盤。盤子裡的點心已經空了一半，她的腦子裡也呈一片空白。剛剛她所演奏的曲子，此刻並沒有在心中迴盪。費歐娜以前在表演結束後，心裡通常會不停重複響起自己彈奏的旋律，但她現在已經完全忘記音樂會的事了。如果在神經學的理論上可以讓人不去思考，她在這一刻已經不再有任何想法。經過了數分鐘，其實費歐娜也不知道到底過了多久，壁爐突然發出一個聲響，她才轉過身去。爐火已經燃盡成灰，於是她走到壁爐旁，跪在地板上試著重新生火。她沒有使用鉗子，而是直接用手指拿起木頭和煤炭，放在壁爐中仍微微發熱的餘燼旁。她用力吹了三次，木頭和煤炭的碎片才終於點燃了火。她注視著火苗，看著它蔓延到另外兩塊面積較大的木頭上。她將身體挪近壁爐，望著微弱的火光在漆黑的煤炭四周跳躍，讓這個畫面填滿她的視線。

最後，兩個縈繞不去的問題再度回到費歐娜的腦子裡。「你為什麼不告訴我？」「你為什麼不來找我幫忙？」一個想像中的聲音給了她答案。「我曾經來找過您啊！」費歐娜站起身來，臀部有點痠痛。她走回主臥室，從邊桌的抽屜裡拿出那張躺了六個星期的詩句。詩句裡那種戲劇化的口吻、那些禁止追求自由、將沉重十字架丟入河中的暗示，還有那個看似純潔但其實充滿邪惡的親吻，字字句句都讓費歐娜難以忍受，無法再次閱讀。詩句裡還描述了一些陰冷且壓抑的基督教象徵——十字架、洋蘇木[19]，以及天使的號角。她是個壞女人，是那條鱗片上閃著虹彩的魚。那條奸詐的魚，不僅引導年輕的詩人誤入歧途，還親吻了他。對，就是那個吻。費歐娜因為出於內疚，才將亞當拒於千里之外。

費歐娜再次蹲在壁爐旁，把亞當那首詩放在紅色的布哈拉地毯上。她被煤炭弄髒的手指在信紙上端留下了污痕。她直接看向這首詩的最後一句：耶穌站在河中開口對著我說話／魚兒是撒旦的使者，你將因此付出代價……

她的吻是猶大之吻，她的吻背叛上帝之名

願他……

---

19 洋蘇木的英文名稱為Judas tree，直譯為「猶大之樹」。

費歐娜轉身拿起放在她身後桌上的酒杯，然後把酒杯貼近信紙，以便看清楚那些密密麻麻的小字。被刪掉的字眼包括「利刃」、「付出代價」、「讓他」、「責怪」。至於「他自己」三個字先被刪掉，後來又重寫，再刪掉，「因此」取代了「不得不」，「丟棄」取代了「放下」。「願他」則孤伶伶地飄在被撕開的信紙底端，沒有特別以圓圈將這兩個字圈住，但是有個箭頭指向上一句。費歐娜慢慢習慣了亞當的筆跡，也漸漸看懂了他的想法。她可以明白亞當這封信的內容了。有一條彎彎曲曲的細線，把那幾個被圈選出來的字連接起來。上帝之子帶來了詛咒。

願他放下我的重擔，親手取走我的性命

費歐娜聽見前門有人進來的聲響，但是她沒有轉過頭。傑克經過客廳往廚房走去時，瞥見費歐娜在壁爐旁低著頭，以為她在調整壁爐的火候。

「把火調大一點吧。」傑克對費歐娜大聲地說。然後，他又從更遠地地方喊著：「你的表演真的非常精采，大家都讚不絕口，而且深受感動！」

當傑克拿著一瓶香檳和兩個乾淨的酒杯走進客廳時，費歐娜才站起來脫掉身上的外套，隨手往椅子上一扔，然後脫掉高跟鞋。她站在客廳中央不發一語，傑克拿了一個酒杯給她，但沒有發現她槁木死灰的神情。費歐娜默默拿著酒杯，等傑克為她斟酒。

「你的頭髮還是濕的，我去替你拿一條毛巾來擦乾。」

「頭髮會自然乾的，沒關係。」

傑克拔掉金屬瓶塞，先斟滿了費歐娜的酒杯，然後也為自己倒了一杯。他走到壁爐旁，放下酒杯，先清了清煤斗，然後添上三根粗大的木柴，就像是印地安人用來蓋小屋的那種木柴。接著他打開了音響，繼續播放傑瑞的專輯。

費歐娜輕聲地說：「傑克，現在不行。」

「喔，當然。今晚不太恰當。我真笨。」

費歐娜看得出來，傑克希望他們可以繼續音樂會前的纏綿，這一點讓費歐娜感到相當抱歉。傑克一直盡力示好，接下來傑克就會想要親吻她。傑克關掉音樂之後，費歐娜聽見他走回她身邊時發出的輕微聲響。他們兩人舉起酒杯，乾了杯，然後將杯中的酒飲盡。傑克開始聊起費歐娜和伯納今晚的演出，表示全場起立鼓掌時，他為費歐娜感到相當驕傲，甚至還感動得落淚。傑克並告訴費歐娜，觀眾在演出結束後仍對她讚美不已。

「今晚彈得很順。」費歐娜表示，「我很慶幸今晚相當順利。」

傑克不是音樂家，而且他只喜歡聽爵士樂和藍調音樂，但是他對於這場音樂會的評論聽起來真誠又合理，而且每一首演出曲目他都記得一清二楚。〈夏夜之歌〉給了他有如天啟般的感動，他尤其喜歡詠嘆調的部分，甚至覺得自己聽懂了法文歌詞的內容。至於馬勒的部分，他希望還能夠再聽一次，因為他覺得曲子裡蘊藏著相當豐富的情感，但由於這是他第一次聆聽馬勒的作品，所以一時無法完全領會。他很慶幸馬克．伯納是以英文歌詞來演唱。所以每個人都聽懂了應該盡快逃離這個世界，只不過沒有幾個人敢去實行。費歐娜臉色凝重地聽傑克分享他的看法，至少看起來表情很嚴肅，只偶爾做出簡短的回應或點頭。費歐娜覺得自己好像是醫院裡的病患，雖然有好心人來探望她，但是她卻巴不得對方趕快離開，好讓她繼續孤單地病下去。

壁爐的爐火已經燒旺，傑克卻發現費歐娜在發抖，於是拉著她走近壁爐，並且在壁爐旁把酒杯斟滿。他們在格雷律師廣場這裡住了很久，因此費歐娜那些住在附近的法官同儕傑克也都認識。傑克開始提到他今晚在路上遇見的幾位法官。這個社區很小，住在附近的人都喜歡這種彼此緊密相連的感覺，晚間如果在路上相遇，可以順道聊聊工作方面的事，這已經成為大家日常生活的一部分。費歐娜繼續聽傑克分享，並偶爾給點回應。傑克說個不停，包括一再讚賞費歐娜今晚的表演，以及自己對於未來的計畫。他告訴費歐娜，有一位刑事律師準備找人一起成立一所免費的學校，並需要有人幫忙他們把校訓「每個孩子都有屬於自己的專才」翻譯成拉丁文，用字必須精簡，這樣才能夠繡在運動外套上那枚印著浴火鳳凰圖案的校徽裡。傑克覺得這項要求非常有趣，因為所謂的「專才」，是十八世紀以後才有的觀點，而且要用拉丁文翻譯「孩子」這個詞，還必須有男女之分。傑克將該校校訓翻譯成「Cuiusque parvuli ingenium」（孩子各有天賦），雖然沒有充分表達出「專才」，但是有「與生俱來的智慧和能力」，意思相去不遠。至於「parvuli」（孩子）這個字，有時候可以同時表示男孩和女孩。後來，那位打算設立學校的律師還打算延攬傑克任教，問他願不願為那些程度良莠不一、年齡介於十一歲到十六歲之間的孩子開設一堂有趣的拉丁文課。這個邀約十分有挑戰性，令傑克難以抗拒。

費歐娜靜靜地聽著，臉上沒有任何表情。她沒有孩子能佩戴上該所學校的校徽。她覺得自己此刻的情緒極度脆弱。

她說：「那很好。」

傑克注意到費歐娜不帶感情的語調，於是換了一種眼光注視著她。

「你怎麼了？」

「我沒事。」

傑克突然想到自己剛才忘了問一個問題，不禁皺了皺眉。他問費歐娜：「你為什麼先走掉了？」

費歐娜遲疑了一會兒，才說：「那個場面對我來說有點太沉重了，我沒有辦法承受。」

「是因為大家站起來鼓掌的緣故嗎？那種盛況讓我感動得幾乎快崩潰了。」

「不，是因為最後一首曲子。」

「馬勒的作品？」

「那首曲子是〈走過散柳花園〉。」

傑克臉上浮現一種充滿興致又無法理解的表情，因為他以前聽過費歐娜和馬克·伯納一起表演這首曲子不下十來次。「為什麼這首曲子讓你無法承受？」

傑克開始表現出一點點不耐。他希望今晚的一切能夠完美無缺，好讓他們破鏡重圓。他希望能再次親吻費歐娜，兩人一起開香檳慶祝，然後做愛，共度一個舒舒服服的夜晚，就像以前一樣。費歐娜知道傑克在想什麼，因為傑克以前也曾用心安排類似的浪漫夜晚。她覺得自己對傑克相當抱歉，但是她也覺得自己已經離傑克好遠好遠。

費歐娜說：「那首曲子讓我想到某件事，今年夏天發生的事。」

「什麼事？」傑克的語氣中並沒有顯出強烈的好奇。

「一個男孩子用小提琴演奏這首曲子給我聽。他那時才剛開始學拉小提琴。這個男孩子因為生了重病，住在醫院裡。他演奏時我也跟著哼唱，但我覺得我們搭配得不是很好。後來他希望我們再合作一次，但是我必須趕回法院去忙。」

雖然傑克此刻沒有心情玩猜謎遊戲，但還是試著壓下怒氣，不讓自己說話的口氣聽起來太差。「我聽不懂。這個男孩子是誰？」

「一個想法很奇怪但是人格很美善的年輕人。」費歐娜含糊地回答，而且她說話的聲音愈來愈微弱。

「然後呢？」

「當時我為了去醫院探望他，先暫停了手邊正在進行的訴訟程序。或許你應該還記得這個案子，一個耶和華見證人的信徒，他雖然病得很嚴重，但是拒絕接受治療。當時各大報都報導了這個案子。」

如果傑克沒讀有過這個案子的相關報導，肯定是因為他當時忙著流連在梅蘭妮的房間裡，否則每個人一定都討論過這個熱門話題。

傑克語氣堅定地說：「我想我記得這個案子。」

「我的判決是同意讓醫院治療他，所以他後來就康復了。那份判決……對這個年輕人產生了一些影響。」

傑克和費歐娜從剛才就都一直站著，分別站在壁爐的兩側。壁爐此刻發出陣陣高溫。費歐娜望向壁爐裡的火焰。「我覺得……我覺得這個年輕人好像對我產生了好感。」

傑克放下他的空酒杯。「繼續說下去。」

「我去巡迴法院服務時，他竟然一路跟蹤我到紐卡索。我……」費歐娜原本不打算告訴傑克她和亞當在紐卡索發生了什麼事，但是她突然改變了想法，因為現在已經沒有什麼好隱瞞的了。「他冒著大雨才找到我……然後我做了一件傻事，就在我下榻的利德曼會所。我不知道自己當時在想什麼……我親吻了他。我親吻了他！」

傑克往後退了一步，也許是因為壁爐的火太炙熱，也許是想要離開費歐娜遠一點。無論出於什麼原因，反正費歐娜都已經不在乎了。

她輕聲地說：「他是個非常體貼的孩子。他想要搬來和我們住在一起。」

「我們？」

傑克．梅伊在一九七〇年代就已經是成年人了，他知悉當代的各種思維。成年以後，他的人生都在大學裡教書，因此也很清楚雙重標準是不合邏輯的。但是就算知道又如何？費歐娜在傑克臉上看見了怒意，他的下巴緊繃，兩眼瞪得大大的。

「他覺得我可以改變他的人生，我猜他把我當成某種心靈導師，以為我可以幫他……他對生命、對所有的事物都充滿熱情、充滿飢渴，但是我沒有……」

「你親吻了他，他想搬來跟你住。你到底想告訴我什麼？」

「我把他趕走了。」費歐娜搖搖頭，她一時之間幾乎無法言語。

然後她又看著傑克。傑克站在距離她有點遠的地方，兩腳分開，雙手抱胸，他那張曾經非常英俊、看起來脾氣溫和的臉龐，如今僵硬不已，而且寫滿怒意。一小撮捲曲的銀灰色胸毛從傑克的開襟襯衫領口處露出來，費歐娜曾經看過傑克用梳子梳理他的胸毛。或許這個世界就應該充滿這樣的小細節，充滿這種人性脆弱的小特點。費歐娜覺得自己快要被擊垮了，她忍不住撇過頭去。

窗外的雨停了。這時費歐娜和傑克才發現，其實剛才雨水一直不斷敲打著窗戶。

屋內顯得更為安靜。「後來呢？他現在在什麼地方？」

費歐娜以一種平淡的語調回答：「我今天晚上才從蘭西那裡聽說，就在幾個星期前，那個男孩的白血病又復發了，他被送進醫院，醫護人員想為他輸血，但是他拒絕了。這次是他自己的決定，他已經是一個年滿十八歲的成年人，沒有人能左右他的決定。他拒絕接受輸血，最後，他的肺部積血，死了。」

「他最終還是選擇了為信仰而死。」傑克冷淡地說。

費歐娜略帶困惑地看著傑克，便知道自己剛才解釋得還不夠清楚。這背後有太多故事了，她還沒一一向傑克完整說明。

「我想，他是自殺的。」

接著兩人又沉默了片刻，誰也沒有開口說話。他們聽見從廣場傳來笑聲和腳步聲。聖誕音樂會結束了。

傑克輕輕地清了一下喉嚨，問：「費歐娜，你愛上他了嗎？」

這個問題讓費歐娜頓時失去理性。她發出可怕的聲音，一種宛如即將窒息的號叫聲。「拜託，傑克，他只是一個孩子，一個小男孩，一個天真的男孩！」然後她開始掉眼淚。她站在壁爐旁，雙手無力地垂在身側。傑克驚訝地看著她，他這個向來堅強獨立的妻子，此刻竟然如此悲傷無助。

費歐娜無法制止自己的淚水，而且難過得說不出話來。她實在不想讓任何人看見她此刻的模樣，於是她彎下腰拿起高跟鞋，讓穿著絲襪的雙腳踩在地板上，匆匆走出客廳，沿著走廊走回主臥室。費歐娜距離傑克愈遠，她就哭得愈大聲。她甩上房門，沒有開燈，直接撲倒在床上，把臉埋進枕頭裡放聲哭泣。

半小時之後，哭到睡著的費歐娜醒了過來。她做了一個夢。在夢裡，她從一個好深好深的洞裡爬上一個永無盡頭的直梯，怎麼也爬不到頂端。她不記得自己是什麼時候睡著的，整個人還有點茫然。費歐娜面對著房門，側身躺在床上。走廊的燈光從門縫底下透進了主臥室，讓她有一種安心的感覺。但她還是必須面對眼前的問題。亞當的白血病復發，虛弱地回到愛他的父母身邊，仁慈的長老重新接納他，他也再次擁抱原本的信仰。或許，他只是想利用宗教信仰當成自我毀滅的藉口。願他放下我的重擔，親手取走我的性命。在微弱的光線中，費歐娜彷彿看見了亞當，就像當初她去醫院探望他時的模樣：消瘦的臉龐沒有一絲血色，泛紫的大眼睛下方有著紫色的眼袋，蒼白的舌頭，骨瘦如柴的雙臂，看起來病得很重，顯然一心求死，但是他的內心充滿了迷人的魅力與生命力，床上還擺滿了他所寫的新詩，最後當她必須趕回法院時，他央求她別急著離開，留下來陪他一起拉琴歌唱。

費歐娜在法庭上以法官的權威和地位，沒有讓亞當死去，而是給他一個活下去的機會，讓他享受愛和人生，不讓他受到宗教信仰的迫害。拋開宗教信仰的包袱之後，這世界對亞當來說是多麼開闊、多麼美好，而且多麼可怕。一想到這裡，費歐娜不禁再度沉沉睡去，但是過了幾分鐘之後，她被排水溝宛如歌唱和呻吟的聲響吵醒。這場雨到底什麼時候才會停？費歐娜這時彷彿又看見孤伶伶的亞當冒著狂風暴雨，在黑暗中彎腰走到利德曼會所，一路上不斷聽見樹枝被打落的聲音。亞當那時肯定看見了利德曼會所裡的燈光，知道費歐娜人就在屋內。他在風雨中發抖，在屋外獨自徘徊，等待能與費歐娜見上一面的機會，但又不確定到底有沒有機會。亞當冒著這麼大的危險，到底想要追求什麼？他希望從一個六十歲的女人身上得到什麼？這個六十歲的女人這輩子從來不做冒險的事，除了少女時期曾經在紐卡索有過幾次瘋狂的舉動。其實費歐娜應該要覺得備感榮幸，並且應該要知道如何面對亞當。但是一時之間的情緒衝動，促使費歐娜親吻了亞當，然後又把他送走。她甚至不知道應該如何面對自己。她不回覆亞當的來信，也故意忽視他在詩句裡隱藏的暗示。她只是心思狹隘地擔憂自己的名聲，現在回想起來實在相當可恥，因為她的舉止根本不會受到任何法紀上的懲處。亞當大老遠跑來見她，但是她卻什麼都沒做，不但沒有保護他，甚至無視兒童法明定的規範：以亞當的福祉為優先考量。費歐娜曾經多少次在判決意見中引述那條條文？重視孩子的福祉，讓孩子享有良善的生活環境。沒有任何一個孩子應該被孤立。難道她只會在法庭裡講得頭頭是道，出了法庭之後就漠不關心？而且，她怎麼可以親吻他？亞當來找她，動機只是和一般人一樣，想要找個與自己想法相契合的忘年之交開導他，不想繼續束縛於超自然的宗教信仰裡。亞當只是想要探求事物的意義，超脫他原本荒誕的宗教信仰。

費歐娜換了一個姿勢，將臉頰倚在枕頭上，卻發覺枕頭上一片濕冷。她這下子完全清醒了，然後把被眼淚浸濕的枕頭推到一旁，反身想拿她背後的另一個枕頭，卻驚覺一個溫熱的身體躺在她身後。於是她轉過身，看見傑克側躺於她身後，一隻手撐著頭，另一隻手伸到費歐娜面前，輕輕撥開垂在她眼前的髮絲，動作非常溫柔。透過走廊洩進主臥室的微弱光線，費歐娜正好可以看清楚傑克的臉龐。

傑克只是簡單地說了一句：「你睡覺的時候，我一直看著你。」

費歐娜遲疑了一會兒，好長的一會兒，然後才輕聲地說：「謝謝你。」

然後她問傑克，如果她把事情發生的經過告訴他，他還會不會愛她。這是一個無法回答的問題，因為傑克還不清楚發生了什麼事。費歐娜不覺得傑克會安慰她，告訴她說一切都是她想太多。

但傑克卻將手輕放在費歐娜的肩膀上，將她拉進他的懷裡。「我當然還會愛你。」

他們兩人在微暗的房間裡面對面側身躺著，窗外被雨水洗淨的城市已經沉浸在夜的旋律中，而屋內的傑克與費歐娜好不容易才又把婚姻拉回正軌。費歐娜以平穩而輕柔的聲音告訴傑克自己做了哪些難以啟齒的錯事，還有那個善良體貼的男孩對她表現出什麼樣的熱情，以及她如何導致那個男孩死去。

Hit

暢／小說 **判決**

060

原著書名：The Children Act • 作者：伊恩．麥克尤恩（Ian McEwan）• 翻譯：李斯毅 • 美術設計：黃思維 • 協力編輯：曾淑芳 • 責任編輯：徐凡 • 副總編輯：巫維珍 • 副總經理：陳瀅如 • 編輯總監：劉麗真 • 總經理：陳逸瑛 • 發行人：凃玉雲 • 出版社：麥田出版／城邦文化事業股份有限公司／104台北市中山區民生東路二段141號5樓／電話：(02) 25007696／傳真：(02) 25001966 • 發行：英屬蓋曼群島商家庭傳媒股份有限公司城邦分公司／台北市中山區民生東路二段141號11樓／書虫客戶服務專線：(02) 25007718；25007719／24小時傳真服務：(02) 25001990；25001991／讀者服務信箱：service@readingclub.com.tw／劃撥帳號：19863813／戶名：書虫股份有限公司 • 香港發行所：城邦（香港）出版集團有限公司／香港灣仔駱克道東超商業中心1樓／電話：(852) 25086231／傳真：(852) 25789337／E-mail：hkcite@biznetvigator.com • 馬新發行所／城邦(馬新)出版集團【Cite (M) Sdn Bhd】／11, Jalan 30D/146, Desa Tasik, Sungai Besi, 57000 Kuala Lumpur, Malaysia.／電話：(603) 90563833／傳真：(603) 90562833 • 印刷：前進彩藝有限公司 • 2015年（民104）10月初版 • 定價320元

國家圖書館出版品預行編目資料

判決／伊恩．麥克尤恩（Ian McEwan）著；李斯毅譯. -- 初版. -- 臺北市：麥田出版：家庭傳媒城邦分公司發行, 民104.10
面；　公分. --（Hit暢小說；RQ7060）

譯自：The Children Act

ISBN 978-986-344-268-4（平裝）

873.57　　104016610

城邦讀書花園
www.cite.com.tw